AS CRÔNICAS DOS MORTOS

ELEVADOR 16

Este é um conto que foi escrito sobre um
pequeno evento ocorrido no
mesmo dia do grande evento mundial
que provocou imensas revoluções
em todo o planeta.

RODRIGO DE OLIVEIRA

ELEVADOR 16

MARIANA OLHAVA impacientemente para o pequeno teste de farmácia em suas mãos, aguardava o veredicto que poderia mudar radicalmente a sua vida. Só não sabia ao certo que tipo de mudança seria aquela: se para melhor ou para muito pior.

Os minutos se arrastavam. Será que aquilo estava certo? Talvez ela tivesse feito algo errado; afinal de contas, era a primeira vez na vida que usava um teste de gravidez.

Seu corpo, nos últimos dias, vinha dando sinais de que algo estava diferente. Enjoos matinais, cansaço excessivo, nervos à flor da pele. Tudo muito estranho. Porém, como enfrentava uma rotina de trabalho muitíssimo estressante, Mariana concluiu que aquilo poderia ser a origem dos distúrbios. Até mesmo o súbito ganho de peso teria como explicação a alimentação desequilibrada das últimas semanas.

Todavia, com o atraso de vários dias em sua menstruação, começou a desconfiar do verdadeiro motivo de tudo aquilo.

Ela e Raul haviam tomado todos os cuidados? Sabia que não. Sobretudo em sua última reconciliação, depois de mais um rompimento. Eles foram para a cama algumas vezes sem nenhuma precaução, cegos pelo entusiasmo e desejo.

Mariana hesitou muito em tirar a dúvida, então, entendeu que a atitude apenas prolongava a angústia. A menstruação estava atrasada a quase um mês e os sintomas de uma possível gravidez não paravam de surgir. Ou estaria doente. De todo modo, uma vez feito o teste, só lhe restava aguardar alguns segundos pelo resultado. Torcia para que desse negativo.

Quando as duas barras rosas surgiram no meio do pequeno objeto que mais lembrava um termômetro, seus olhos se encherem de lágrimas. Mas não eram de alegria...

* * *

Mariana demorou quase trinta minutos para sair do banheiro da empresa na qual trabalhava. Estava arrasada e precisava se recompor. Não queria voltar à mesa chorando. E, acima de tudo, não queria que Raul, que trabalhava na mesma sala que ela, percebesse algo.

Aquele era mais um dia comum numa empresa de desenvolvimento de sistemas em São Paulo. A equipe, composta por jovens analistas e programadores, trabalhava intensamente num importante projeto que já estava atrasado. Por isso, todos tiveram de abrir mão de seus dias de descanso e se encontravam ali, trabalhando, em pleno sábado, dia 14 de julho de 2018.

A empresa funcionava num gigantesco prédio na avenida Berrini, zona sul de São Paulo. Era um edifício moderno, todo revestido de placas de vidro interligadas por hastes de aço. Por encontrar-se espremido entre várias outras construções, causava nos funcionários a sensação de trabalharem num labirinto de vidro e aço que os impedia de enxergar a avenida.

Os setores ficavam num imenso espaço aberto com várias divisórias baixas e de cor bege, alinhadas lado a lado, além de diversas salas de reunião e gabinetes dos chefes de setor.

Estavam todos tão atarefados que quase ninguém lembrava de que aquela era uma data importante. Enfim, o dia mais aguardado do último ano chegara. O dia em que Absinto, o Planeta Vermelho, estaria no seu ponto mais próximo à Terra e produziria um espetáculo visual sem precedentes.

O gigantesco planeta, descoberto pelos astrônomos no ano anterior, pusera toda a humanidade em pânico. Em todos os países, milhões de pessoas foram para as ruas, certas de que a aproximação do misterioso corpo celeste iria destruir a Terra, visto que Absinto tinha mais de vinte vezes o tamanho do nosso planeta.

Os cientistas, no entanto, descobriram que ele não representava uma ameaça — passaria a uma distância bastante segura da Terra. Assim, o susto se transformou em festa e cidadãos de todas as idades e classes sociais ao redor do globo se prepararam para observar com detalhes o gigantesco visitante cósmico.

Para aquela equipe, entretanto, nada daquilo importava. Estavam todos cansados, após várias noites maldormidas. Os funcionários se mostravam impacientes e irritadiços e os conflitos não paravam de acontecer. Tratava-se de um grupo de cerca de vinte pessoas, além de mais uns dez funcionários de outras áreas, todos fazendo hora extra em pleno sábado.

E dentre toda aquela gente que não dava a mínima para o Absinto, Mariana era a mais indiferente. Para ela havia questões muito mais relevantes que a passagem de um fenômeno da Natureza.

Aos vinte e quatro anos, ela não se sentia preparada para ser mãe. Aliás, Mariana nem queria ser mãe. Não naquele momento. Não daquele pai.

Mariana Fernandes era uma mulher muito bonita, com cabelo castanho-claro liso, olhos verdes e pele branca com pequenas sardas que lhe conferiam um ar doce e angelical. Ela possuía um corpo belo também, entretanto, sem ser excessivamente sexy.

Era uma competente analista de testes, com olho clínico e perfil detalhista. E, agora, sabia que estava encrencada.

Apesar de maior de idade, Mariana ainda morava com os pais. Achava-se em um momento de crescimento na carreira. Acabara de comprar seu carro e começava a investir cada vez mais em si mesma. O que ganhava mal dava para pagar a prestação do automóvel e seus cursos; como, então, iria manter uma criança?

E Mariana sabia que seu pai ficaria furioso. Ele era um oficial militar muito rígido, jamais aceitaria um neto gerado fora do casamento e trataria a filha como uma completa irresponsável.

Ela se jogou em sua cadeira, exausta. Sentia-se esgotada fisicamente pelo excesso de trabalho e, agora, também pelo problema gigantesco que tinha em mãos.

Torcia para que ninguém tentasse puxar conversa com ela; era tudo o que não queria. E o simples fato de pensar em ficar sozinha foi suficiente para que suas duas melhores amigas na empresa se materializassem ao seu lado, como num passe de mágica.

— E aí, tudo bem? Pronta para mais um sábado trabalhando? — perguntou Mayara, uma jovem de vinte e poucos anos. Ela era pequena e de ascendência japonesa. Seus óculos lhe conferiam uma aparência de *nerd*.

— Só espero que não falte café, senão eu não vou aguentar ficar o dia inteiro aqui — Joana arrematou.

Joana era muito magra e alta, com cabelo castanho-escuro e liso. De salto alto, como estava naquele momento, ela era maior que quase todos os homens da empresa. Era também a melhor amiga de Mariana.

— Sinceramente, eu só queria estar na minha casa neste momento — Mariana afirmou, sincera, sem querer revelar as verdadeiras razões do seu desânimo, apesar de gostar de Mayara e da sua forte amizade com Joana.

— Eu queria mesmo era estar na praia! — Joana falou. — Lá em Santos vai acontecer a maior festa por causa da passagem do Absinto, ou Hercóbulus.

— É Hercólubus, pelo amor de Deus! — Mayara corrigiu, rindo. — Quantas vezes eu vou precisar repetir, sua lesada?

— Você me entendeu, não é verdade? Então, não enche meu saco! — Joana rebateu.

As duas amigas continuaram trocando alfinetadas, alheias ao fato de que Mariana não participava da conversa. Pior que isso, ela mal as ouvia.

A grande preocupação de Mariana era: como daria aquela notícia para Raul? Ela não fazia ideia.

Mariana e o namorado estavam numa situação indefinida, mas que pendia fortemente para um rompimento. Aquela relação já se exaurira, não havia mais o que extrair dela.

E eles tinham plena consciência disso. Já haviam rompido e reatado diversas vezes. Na prática, o que adiava o fim era basicamente o sexo. Fora da cama eles não tinham mais nada a acrescentar um ao outro, numa total dissonância de interesses, gostos e objetivos.

E agora eles iriam ter um bebê! Estariam ligados por esse forte elo para o resto da vida. Justo quando tudo indicava que eles iriam, enfim, tomar rumos opostos.

Mariana sentiu o estômago embrulhando. Não podia acreditar que aquilo acontecera com ela. Queria gritar, ir pra casa, se trancar no quarto e chorar. Chorar muito.

— Não é verdade, Mari? — Joana perguntou de repente, trazendo Mariana de volta à realidade.

— Hã? O que é verdade? — Mariana nem sequer se esforçou para fingir que estava ouvindo.

— Nossa Senhora, você não ouviu nada do que eu falei? Onde sua cabeça estava? — Joana arqueou as sobrancelhas.

— Desculpe, eu me distraí. Estou cansada, só isso. — Mariana torcia para que as amigas não fizessem mais perguntas.

Joana e Mayara estranharam, mas não comentaram nada. Afinal de contas, estavam numa maratona de trabalho tão massacrante que era mais do que plausível que Mariana parecesse dispersa.

Alguns instantes depois, as amigas retornaram para as suas mesas; havia uma enormidade de trabalho atrasado.

Mariana suspirou aliviada ao se ver sozinha de novo. Precisava se concentrar e tentar terminar logo suas tarefas para poder ir embora. Caso contrário, ficaria até de madrugada no escritório, mais uma vez.

Sua tranquilidade, entretanto, não durou muito. A pessoa com a qual ela não queria conversar se aproximou. E Mariana, nervosa, mordeu o lábio inferior.

— Oi, Mari! — Raul a cumprimentou, apoiando-se na baia; em uma das mãos, um copo de café fumegante.

Raul era alto e magro, porém, bastante forte. Tinha cabelo curto e escuro. Seu sorriso era perfeito e ele usava costeletas que lhe davam um ar de motoqueiro cafajeste. Fazia sucesso entre as mulheres.

— Oi, Raul. — Mariana se esforçou para não desviar o olhar da tela do computador. Se aparentasse estar muito ocupada, talvez ele desistisse de conversar e não perguntasse...

— Está tudo bem com você?

... se estava tudo bem. *Merda!*, Mariana pensou.

— Tudo bem, só preciso me apressar. Estou com muitas tarefas atrasadas. — Mariana tentava parecer convincente. Precisava manter os olhos na tela do computador; se conseguisse fazer isso, estaria segura.

— Tem certeza? — Raul insistiu.

— Tenho sim, só preciso me concentrar, certo? — Mariana respondeu, tentando encerrar o assunto.

Precisava olhar para a tela; não podia encarar o namorado.

— Se está tudo bem, por que você não olha pra mim? — Raul a fitava, desconfiado.

Mariana começou a se desesperar. Continuou olhando fixo para o monitor, procurando se manter firme.

— Mari, olha pra mim. O que está havendo? — Raul franziu o cenho.

Mariana soltou um pesado suspiro e desistiu de tentar resistir. Sabia que não conseguiria mais, aquilo estava além de suas forças.

Quando ela olhou para o namorado, exatamente como previra, as lágrimas finalmente desabaram e Mariana começou a soluçar.

* * *

— Eu não acredito nisso! Sério mesmo que você está grávida? — Raul levou as mãos à cabeça, andando de um lado para o outro pela sala de reunião.

— Estou, Raul, infelizmente. — Mariana respondeu, mal-humorada. Aquela conversa seria bastante tensa.

— Tem certeza? Esses testes de farmácia não são muito confiáveis... — Raul argumentou, tentando encontrar algum fiapo de esperança no qual pudesse se agarrar.

— São incrivelmente confiáveis, segundo a farmacêutica, mais de noventa por cento de acerto. — Mariana, irritada, sabia que aquilo iria acontecer. Raul iria resistir até o último segundo à ideia de ter um filho.

— Tudo bem, mas não custa fazer um teste de laboratório. De repente a gente se livra dessa encrenca — Raul insistiu.

— Não se preocupe, eu irei procurar um médico e farei todos os testes possíveis. Garanto que eu também quero livrar você dessa "encrenca". — Mariana fez um gesto significativo com os dedos, enfatizando as aspas.

— Você me entendeu, não comece — Raul se zangou.

— Desculpe-me, mas eu também estou preocupada. — Mariana esfregou os olhos com as mãos.

— Bom, vamos ver... Deus queira que essa situação desgraçada não passe de um engano — Raul falou, sem se preocupar muito com gentilezas.

— Ah, eu tenho certeza de que isso tudo foi um grande engano! Nossas incontáveis recaídas foram o maior dos enganos — Mariana respondeu à queima-roupa.

Ela também estava por um fio e não pretendia pegar leve. Raul, entretanto, não se abalou. E decidiu voltar à carga:

— Esse filho é mesmo meu, certo?

— Calma aí! Você está insinuando que eu sou alguma vagabunda?! — Mariana inquiriu, horrorizada.

— Eu não disse nada disso, só quero ter certeza. Nós rompemos tantas vezes, brigamos tantas vezes, de repente...

Mariana o interrompeu, colérica:

— Sim, o filho é seu, eu não dei para nenhum outro homem! Satisfeito? Vai querer um exame de DNA também? — Mariana disparou, elevando o tom de voz um pouco mais do que gostaria.

Raul não falou nada. Ficou olhando para ela de uma forma indecifrável, o que a deixou ainda mais ressabiada.

— O que foi? No que está pensando agora? — Mariana perguntou, defensiva.

— Mari, você sabe que eu não posso ser pai agora. Tenho a minha vida, a minha carreira. Você entende, não é? — Raul se esforçava para encontrar as palavras.

— Aonde você está tentando chegar, Raul? — Mariana o mediu dos pés à cabeça.

— Eu estou dizendo que quero ter filhos. Mas não agora. Eu não estou pronto — Raul sussurrou.

— "Eu", "eu", "eu"! Você só sabe falar essa palavra, notou? — Mariana falou, imaginando o que viria a seguir.

— Mari, por favor... Não tenho dinheiro, nem mesmo uma casa para morar. Eu divido o apartamento com um amigo, você sabe disso — Raul argumentou.

— De novo, a mesma palavra. Você nem se dá conta do quanto a palavra "eu" é importante na sua vida, certo? — Sua paciência estava por um fio.

— Mari, eu...

— Pare de falar "eu"! — Mariana gritou, dando um murro na mesa.

Os colegas de trabalho do lado de fora levantaram as cabeças, olhando para a sala e tentando entender o que se passava.

— Você enlouqueceu?! — Raul se zangou também.

— Quando é que vai se preocupar comigo, Raul? Você só falou dos *seus* problemas, das *suas* vontades e de como essa "encrenca" vai atrapalhar a *sua* vida. Eu não faço a menor diferença?! — Mariana disparou, furiosa.

— Claro que eu me preocupo com os seus sentimentos! Só acho que se você... — Raul começou a frase, mas a voz sumiu no meio da sentença.

— Você só acha que eu o quê? — Mariana o desafiou, fitando Raul fixamente.

— Só acho que se você tivesse tomado as devidas precauções nada disso estaria acontecendo — Raul finalizou, encarando-a também.

— Entendi. Então a culpa é minha, certo? Eu sou a única responsável por tudo isso — Mariana falou num tom sinistro.

— Sei que tive uma participação nisso tudo e sinto muito — Raul falou, imprudente.

— Entendi de novo: você teve apenas "uma participação" nisso tudo. — Mariana repetiu o gesto enfatizando as aspas.

— Mari, entenda, a mulher é que tem a obrigação de tomar as precauções necessárias para...

— Cale a boca e suma da minha frente! Saia daqui seu desgraçado! — Mariana gritou, sem querer saber se a empresa inteira iria escutar.

— Mari, você está sendo irracional! Depois nós conversamos civilizadamente. — Ele disse caminhando em direção a porta.

— Eu nunca mais quero falar com você na minha vida, entendeu?! — Mariana tornou a gritar, enquanto o namorado batia a porta da sala com violência.

Ironicamente, ela havia acertado em cheio. Eles nunca mais voltariam a conversar. Dali a algumas horas, a vida como eles conheciam deixaria de existir.

* * *

Por volta das treze horas, os responsáveis pelo projeto propuseram que todos parassem para almoçar, pois não tinham hora para terminar.

Mariana não sentia a menor vontade de sair para comer, mas Joana e Mayara insistiram tanto que ela decidiu ceder. Não estava com cabeça para discutir com mais ninguém.

Porém, fazia questão absoluta de manter-se bem longe de Raul. Não queria estar com ele... e, para isso, a companhia das amigas seria um tipo de garantia.

A maioria dos funcionários se preparou para ir almoçar e em instantes lotou o elevador com 16 pessoas — entre eles, Mariana, as amigas e Raul.

Raul e Mariana se sentiam desconfortáveis. Sabiam que todos haviam escutado a briga, mas ninguém da equipe tinha ciência de que eles haviam tido um romance — pelo menos, não oficialmente —, pois isso feria as rígidas regras da empresa.

Mariana olhava para os números dos andares no visor. Estava ansiosa para chegar ao térreo. Ela esperava que Raul não entrasse no elevador ao vê-la entrar primeiro, pois não suportava a ideia de ficar perto dele. Mariana estava com muita raiva, a ponto de ter vontade de jogá-lo do alto do prédio.

De repente, o elevador parou, dando um grande solavanco e emitindo um som metálico e eletrônico. As luzes se apagaram por instantes e em seguida a iluminação de emergência se acendeu, deixando tudo na penumbra.

— Meu Deus do céu, o que foi isso?! — Mariana, assustada, apoiava as mãos nas paredes, olhando em volta.

Todos se entreolharam apreensivos. As pessoas começaram a discutir e falar sobre o que deviam fazer, enquanto alguns tentavam seguir os protocolos de segurança, apertando a campainha e tentando contato pelo interfone.

Chegaram a conseguir um contato, mas, em seguida, a linha ficou muda. Tentaram usar o aparelho novamente e tudo o que ouviram foi o sinal de ocupado.

— Pessoal, vamos ficar calmos, ok? — um programador chamado Zotto pediu. — Tentaremos ligar para o resgate, mas aposto que a equipe da segurança já entendeu o que houve e está vindo para cá.

Vários celulares ligavam ao mesmo tempo para os serviços de emergência, mas ninguém conseguia contato. Aquilo era estranho. Ao contrário de muitos prédios, naquele edifício o sinal de celular pegava muito bem dentro dos elevadores.

— Não é possível, não consigo completar uma única chamada! — Raul bradou, irritado.

— Nem eu. O que diabos está acontecendo?! — perguntava um homem de meia-idade ao tentar ligar pela terceira vez para o escritório em busca de alguma informação.

Não tardou para que eles começassem a discutir e falar ao mesmo tempo. Alguns defendiam que deviam tentar sair dali; outros argumentavam que era mais prudente aguardar o resgate.

Mariana e Raul eram os mais estressados de todos. Seus nervos estavam à flor da pele. Ela falou alto diversas vezes, causando ainda mais estranheza nos demais.

— Fique calma, Mari, está tudo bem. Daqui a pouco nós sairemos daqui — Mayara garantiu, com gentileza.

— Sinceramente, eu duvido. Hoje é um daqueles dias em que nada vai dar certo — Mariana respondeu em tom sinistro.

Aquela frase causou um mal-estar geral. Todos ficaram mais quietos, pensativos... estranhos. Todos estavam prestes a presenciar algo que nenhum ser humano poderia criar, nem mesmo em histórias de horror.

Passados poucos segundos de bastante tensão e ansiedade, dez pessoas, ao mesmo tempo, começaram a passar mal e desmaiaram. Foi muito rápido e imprevisível, como máquinas arrancadas abruptamente da tomada e que desligam de um instante para o outro. E entre elas estava Raul.

Mariana olhava, horrorizada, o pai de seu filho desacordado.

— Meu Deus, o que está havendo?! — Joana tentava segurar Mayara, desmaiada em seus braços.

— Não sei! Que merda é essa?! — Zotto exclamou, tentando inutilmente sustentar um homem corpulento que caíra sobre ele. Sem sucesso, baixou o rapaz, deixando-o sentado no chão.

Não havia espaço suficiente no elevador para todos se deitarem. Assim, alguns ficaram caídos sobre os outros.

Três rapazes que continuavam de pé — Antônio, Robson e Rodolfo, que não tinham mais de vinte e dois anos — se juntaram a Joana, Mariana e Zotto na tarefa de tentar acomodar os dez enfermos no elevador apertado.

Estavam todos perplexos diante do ocorrido; nunca tinham visto nada parecido. Não sabiam o que fazer naquelas circunstâncias e estavam tão assustados que não conseguiam nem mesmo reagir.

Para piorar, dentro do elevador, à meia-luz, sem ventilação e com várias pessoas desacordadas, o ambiente logo começou a esquentar e a se tornar claustrofóbico.

Não havia nem mesmo como encostar nas paredes. Os seis ficaram no meio da caixa de metal de menos de quatro metros quadrados.

— Meu Deus, o que vamos fazer?! — Mariana limpou o suor da testa.

O calor aumentava mais, como se houvessem acendido uma fogueira sob o piso, e a cada momento piorava. Havia algo errado. Não podia ser apenas o confinamento, eles estavam em pleno inverno.

— Nem imagino! — Zotto comentou. — E não entendo por que todos passaram mal. Todo o mundo decidiu ter uma crise de estresse ao mesmo tempo?

— Não sei, mas precisamos sair daqui! — Mariana respondeu. — Nós não sabemos o que houve com eles. E se um deles morrer, o que nós faremos?

Os seis permaneceram em silêncio por um instante. Tinham de tomar alguma atitude. Não podiam esperar. Aquelas pessoas dependiam deles.

— E se tentarmos sair do elevador? — Antônio sugeriu.

— Os bombeiros sempre dizem que não se deve sair de um elevador que está parado entre dois andares — Joana argumentou, apoiando-se nas paredes, tentando não pisar em ninguém. — É perigoso, alguém pode ser cortado ao meio.

— O que você sugere, então? — Antônio argumentou com uma ponta de irritação. — Não conseguimos falar com ninguém, nem temos certeza de que alguém sabe que estamos presos aqui.

— Não seja ridículo, claro que já sabem! Este elevador tem câmeras de vídeo, com certeza há alguém monitorando — Joana respondeu, também impaciente.

— Nesse caso, por que ninguém apareceu, gritou para nós pelo lado de fora ou chamou pelo interfone? Estamos aqui há quase dez minutos. Alguém já deveria ter aparecido, certo? Ou será que eu estou sendo ridículo?! — Antônio a encarou.

— Calma, pessoal, precisamos manter a cabeça fria, está bem? — Mariana entrou na discussão, que só piorava.

Ficaram todos em silêncio mais um instante. Joana e Antônio, emburrados em lados opostos do elevador, com os outros quatro colegas entre eles.

Depois de uns dois minutos de hesitação, Antônio decidiu agir. Não iria ficar trancado naquele lugar, de braços cruzados, fazendo exatamente o que a chata da Joana achava certo.

O rapaz puxou para o lado um homem de meia-idade que estava desacordado e encostado junto à porta para liberar a passagem. Os demais estranharam, mas, no fundo, já sabiam o que ele pretendia.

— O que você está fazendo? — Mariana perguntou.

— Eu vou sair deste lugar. Não fico neste buraco nem mais um segundo! — Antônio afirmou com convicção.

Ele fez um esforço enorme para enfiar os dedos entre as portas e puxou para os lados com toda a força, conseguindo uma abertura mínima.

— Calma, eu vou ajudá-lo. — Adiantando-se, Zotto segurou com as duas mãos a porta da direita, enquanto Antônio se posicionava do lado oposto.

Os dois homens puxaram com toda a força. A porta resistiu alguns segundos, mas, por fim, se escancarou. E o que eles viram foi desanimador.

— Puxa vida, e agora? — Zotto meneou a cabeça.

O elevador estava parado exatamente entre dois andares. Para sair, teriam que se esgueirar por uma das aberturas, a de cima ou a de baixo. No meio estava uma laje de concreto armado com cerca de um metro e meio de largura.

— Pessoal, não estou gostando nada disso — Joana falou.

Era muito apertado, eles iriam demorar para atravessar, e se o elevador se movesse, estariam encrencados.

Ao menos com a abertura o ambiente ficou mais fresco. No entanto, do lado de fora não dava para enxergar quase nada; o corredor estava às escuras.

— Deixa comigo, eu vou buscar ajuda — Antônio disse, resoluto.

Joana até esqueceu o começo de discussão que tiveram antes — tinha que admitir que ele era corajoso por se esgueirar por aquele espaço reduzido para um corredor onde não dava para enxergar nada.

— Zotto, me ajuda, eu vou sair por cima, porque a abertura está um pouco maior. — Antônio avaliava suas duas opções.

O colega se adiantou e entrelaçou os dedos das mãos, se oferecendo como apoio.

Mariana acompanhava aquela movimentação olhando ora para os colegas, ora para Raul, que continuava desacordado.

Ela se arrependia da briga que tiveram mais cedo. Mariana nunca iria se perdoar se algo acontecesse com Raul num momento tão decisivo de suas vidas.

Mais uma vez ela se abaixou em frente a Raul e começou a chamá-lo pelo nome, dando leves tapinhas no seu rosto, tentando fazê-lo recobrar a consciência. Mas era inútil, Raul parecia em coma, não demonstrava nenhum sinal de vida.

Enquanto isso, Antônio se apoiava nas mãos de Zotto e se projetava para fora do elevador através da abertura de cima. Ele não era exatamente magro, mas era o mais delgado dos quatro homens. Zotto, Robson e Rodolfo eram bem mais corpulentos.

Antônio se apoiou sobre o tronco e espiou o corredor às escuras. Não dava para vislumbrar quase nada naquele breu.

Com o apoio de Zotto, Antônio deu um último impulso e se lançou para fora. Em seguida, girou o corpo e tirou as pernas de dentro do elevador. Foi uma sensação de alívio não estar mais atravessado no meio da abertura. Sentia como se estivesse deitado sob uma guilhotina que poderia despencar sobre ele a qualquer momento.

— Consegue enxergar alguma coisa? — Zotto perguntou de dentro do elevador, ficando nas pontas dos pés para olhar o corredor.

— Quase nada, calma aí — Antônio respondeu.

Em seguida, ele retirou o Iphone do bolso da calça jeans e acionou o aplicativo de lanterna. A luz, pequena, mas potente, jorrou no corredor, iluminando o ambiente o suficiente para Antônio voltar a enxergar.

— Paramos no décimo andar — Antônio informou, ao conferir a placa acima da porta do elevador. — Alguém mais vai querer vir comigo?

As cinco pessoas que permaneceram acordadas se entreolharam, em dúvida. Agora que o colega havia conseguido sair com êxito, os três homens sentiam-se tentados a segui-lo. Mas, por outro lado, estavam preocupados em deixar as duas moças sozinhas para cuidar de tantas pessoas desmaiadas.

— Acho melhor você prosseguir sozinho. Vai que acontece alguma emergência por aqui... — Rodolfo comentou, reticente.

Mariana acompanhava a conversa olhando ora para Raul, ora para os amigos que estavam decidindo o que fazer. No momento em que fitou o namorado pela centésima vez, ela tomou um imenso susto.

Naquele ambiente, com pouca claridade, Mariana viu que Raul estava com os olhos abertos. Completamente imóvel, na mesma posição em que eles o haviam deixado, mas, definitivamente, ele recobrara os sentidos.

Mariana se agachou rápido diante de Raul, ansiosa. Sentia-se aliviada por ver que ele se recuperava. Queria descobrir se Raul estava bem.

Os demais olharam para ela. Até mesmo Antônio acompanhava a movimentação com vivo interesse, porém, do lado de fora.

— Raul, você está bem? Sente alguma coisa? — Mariana segurava o rosto do namorado entre as mãos.

Raul, entretanto, não respondeu. Seu olhar se mantinha distante, ausente. Embora com os olhos abertos, não parecia ter consciência de nada do que acontecia ao redor.

— Fala comigo, Raul, por favor! O que você está sentindo? — Mariana insistiu, voltando a ficar apreensiva.

Foi quando ela reparou nos olhos dele. Talvez pela ansiedade, talvez pelo ambiente pouco iluminado, Mariana até então não havia percebido nada de errado com a cor dos olhos de Raul.

O fato era que não havia cor nenhuma. Os olhos dele estavam brancos como algodão. Um branco espectral, fantasmagórico. Era impossível ter certeza da direção exata para a qual ele olhava; era uma visão perturbadora.

— Meu Deus, Raul, você está me enxergando? Está me ouvindo? — Mariana sentia os olhos se encherem de lágrimas.

Raul, entretanto, não respondia.

— Cara, o que será que aconteceu com ele? Nunca vi nada parecido com isso! — Zotto se curvou próximo ao amigo e a Mariana. Chegou a abanar a mão perto do rosto do colega, mas ele não apresentava nenhuma reação.

— Nós precisamos de ajuda. Isso é bem mais grave do que imaginávamos! — Mariana passou a mão no rosto e enxugou uma lágrima solitária.

Naquele instante, entretanto, uma mudança começou a ocorrer. De maneira muito discreta, como todas as grandes tragédias.

Raul baixou a cabeça e inspirou fundo, enchendo os pulmões de ar. Foi uma respiração ruidosa e tão longa que deu a impressão de que o peito dele ia encher até explodir. Mariana esperava que aquilo fosse indicação de algum tipo de melhora.

Quando soltou o ar, Raul emitiu um pequeno silvo e, ao fim, seus lábios tremeram um pouco, enquanto um leve grunhido escapava de sua garganta.

Nova inspiração, um pouco mais curta; nova expiração e mais um grunhido, um pouco mais alto agora. Quando repetiu pela terceira vez esse comportamento, o grunhido foi bem mais gutural e ameaçador.

Parecia uma panela que ia ganhando pressão a cada instante, preparando-se para a explosão.

Mariana começou a chamá-lo de novo. O namorado parecia estar consciente, apesar de não falar nada e estar cada vez mais agitado.

— Fica calmo, meu querido, nós vamos chamar ajuda — Mariana tornou a segurar o rosto de Raul e o forçou a olhar para ela, ou assim ela imaginava, já que os olhos dele não tinham cor nenhuma.

Os demais observavam aquilo, estranhando tanto o excesso de zelo de Mariana quanto o fato de que Raul parecia cada vez mais irritadiço. E, de repente, algo aconteceu.

Raul começou a grunhir e a resmungar cada vez mais, fechou os olhos por alguns instantes, com seu corpo tremendo de leve.

Mariana se assustou, imaginando que talvez o namorado estivesse em vias de desmaiar de novo.

— Raul, você está bem? Fala comigo querido, sou eu, Mari. — Embora sempre houvesse tentado manter aquele relacionamento em segredo, Mariana, naquele instante, deixou de lado as precauções.

De repente, ele abriu os olhos, mais uma vez e, apesar da ausência de cores, estava claro que Raul encarava Mariana. E parecia emanar dele pura raiva. De um momento para o outro, os lábios de Raul se torceram numa careta feroz e um rosnado selvagem brotava aos poucos do fundo de sua garganta, como o de uma fera.

— Raul...? — Mariana chamou de novo, afastando-se instintivamente do namorado transtornado.

Zotto, Robson, Rodolfo e Joana acompanhavam tudo, perplexos, perguntando-se o que estava acontecendo.

Sem mais avisos, Raul atacou. Esticou as mãos e avançou contra Mariana, que, apavorada, caiu para trás sobre outros desacordados.

— Meu Deus, Raul, o que... — Mariana gritou com o susto, enquanto ele pulava sobre ela tentando mordê-la.

Mariana conseguiu deter o avanço dele por uma fração de segundo, segurando seu rosto com ambas as mãos. Raul parecia querer cravar os dentes nela.

E urrava, alucinado, sobre uma apavorada Mariana, enquanto uma baba grotesca caía no rosto dela.

Mariana gritava, aterrorizada.

Aquela investida não durou mais do que alguns segundos, porém, pareceu uma eternidade. Era como ter um cão raivoso sobre si.

Ao presenciar o ataque, Zotto e Rodolfo se atracaram com Raul, arrancando-o de cima da pobre moça aterrorizada. Cada um o agarrou por um dos ombros e o ergueram no ar, batendo-o com violência contra a parede de aço do fundo do elevador. Mariana respirou fundo, sentindo o alívio da pressão.

— Que merda é essa, Raul?! Você está louco, cara?! — Zotto gritou.

— Fica calmo, fica calmo! — Rodolfo berrou, diante do amigo enfurecido.

Raul, entretanto, não se intimidou. Não havia nele nenhum sinal de civilidade. Mais parecia um animal selvagem vestido como um ser humano. Ele se debatia, enfurecido, tentando se libertar.

Num movimento surpreendente, Raul puxou o braço direito com tamanha violência que arremessou Zotto para a frente, derrubando-o sobre Mariana e mais dois homens desmaiados.

Mariana, com o susto, soltou um grito após o amigo cair sobre ela, e mais ainda pela visão de Raul parcialmente livre, que a olhava novamente, enquanto Rodolfo tentava mantê-lo imobilizado contra a parede.

— Raul, se acalma, somos nós! — Rodolfo tentava prender os braços do colega desvairado.

Mas era impossível segurar mais. Raul estava tomado de uma força sobrenatural, diabólica.

Joana, encolhida num canto, gritava, histérica. Estava apavorada e entorpecida diante daquela cena caótica acontecendo naquele ambiente, impedida de fugir.

Robson queria ajudar, mas Zotto, caído no meio do caminho, impedia-lhe a passagem.

No elevador, os grunhidos de Raul ecoavam de uma forma assustadora; parecia que as paredes tremiam a cada urro que ele emitia.

Rodolfo sabia que não conseguiria aguentar por muito mais tempo e o inevitável aconteceu. Raul o empurrou, fazendo-o dar dois passos para trás e quase esmagando-o contra o canto da caixa de metal, exatamente sobre Joana.

A moça, apavorada, berrou de pânico ao sentir os dois homens pressionando-a violentamente contra o metal. Parecia haver um caminhão sobre ela. Joana sentia que seus ossos começariam a se partir a qualquer momento.

— Ei, Raul, olha pra cá — alguém chamou de um ponto mais acima.

Raul, no estado alterado e primitivo em que se encontrava, não entendeu nada, óbvio. Mas ao ver Joana e Rodolfo olhando para a direção do som ao mesmo tempo, foi compelido a se virar. E isso não foi nada bom para ele.

Assim que Raul virou a cabeça para trás, Antônio chutou-lhe a cara com toda a violência. Antônio ainda estava do lado de fora do elevador, mais de um metro acima, portanto, o rosto de Raul se achava na posição ideal.

Raul girou com a violência do golpe e desabou no chão. Zotto aproveitou a chance e saltou sobre ele, subindo em suas costas e prendendo o amigo alucinado contra o chão.

Raul continuava se debatendo, furioso, mas deitado no piso, de bruços, com um homem sobre as suas costas, não havia meios de se soltar. Seus urros e grunhidos eram agora carregados não só de fúria, mas também de frustração. Um filete de sangue escorria do seu supercílio, aberto pelo chute.

Mariana se ergueu, assustada, vendo o namorado finalmente dominado. Rodolfo começou a recuperar o fôlego e Robson também conseguiu se mexer, mas Joana se recusava a sair do canto do elevador. Quanto mais longe ela pudesse se manter, melhor.

— Vocês estão bem? — Antônio, do lado de fora do elevador, quis saber.

Ele tentava entrar novamente no elevador, mas seus instintos diziam que talvez fosse muito mais seguro ali, no corredor.

— Sim, você o acertou em cheio. Agora não tem como esse puto se soltar — Zotto respondeu, torcendo o braço de Raul para trás com força.

O amigo, entretanto, continuava se debatendo, aparentando muito mais raiva do que dor.

— Calma aí, desse jeito você vai machucá-lo! — Mariana falou, mais por obrigação moral. No fundo, naquele momento, ela não estava nem um pouco preocupada com o bem-estar do pai do seu filho.

— Eu quero mais é que ele se foda! — Zotto respondeu, irritado, com uma gota de suor escorrendo pelo rosto após o embate com o colega. — Você viu aquilo? Pensei que ele fosse matar todos nós!

— Tem certeza de que Raul está bem preso? Você precisa de ajuda? — Rodolfo perguntou, se apoiando na parede. Estava ofegante; o calor do elevador somado à luta com Raul o haviam esgotado.

— Estou bem, ele não tem como se soltar. Eu peso quase cem quilos. — Zotto deu uma piscadinha malandra para o amigo.

— Eu também posso ajudar, conta comigo — Robson falou, abrindo a boca pela primeira vez.

Raul, entretanto, parecia não se cansar de jeito nenhum e continuava tentando se soltar. Parecia estar tomado pelo capeta.

— Pessoal, eu vou seguir com o combinado e ir pedir ajuda. Segurem-no firme até eu voltar — disse Antônio. — Em alguns minutos eu volto.

Todos concordaram, sentindo uma ponta de inveja do colega. De repente, ficar dentro daquele elevador estava muito mais assustador. Era impossível permanecer calmo com aquele calor, várias pessoas desmaiadas e um homem que parecia estar sofrendo um surto psicótico.

Antônio seguiu pelo corredor amplo usando a luz do celular para guiá-lo. Ele sabia que as escadas de emergência ficavam ao final, depois de várias salas comerciais e escritórios. Naquele andar predominavam diversas pequenas empresas.

O corredor era pintado de bege e tinha um piso frio de granito amarronzado. Nas paredes, alguns quadros davam mais leveza ao ambiente.

A maioria das portas das empresas era de vidro, mas não havia nenhum sinal de movimentação, o que era facilmente explicado por ser sábado.

O rapaz estava com pressa; não conseguia acreditar na cena que acabara de presenciar. Que diabos estava acontecendo? Primeiro, o prédio sem energia e sem contato com o mundo exterior. Depois, os desmaios. E agora, Raul enlouquecera. O que mais iria acontecer?

Quando chegava à porta que levava às escadas, Antônio estacou. Passava em frente a um desses escritórios com porta de vidro quando viu uma movimentação.

Era a recepção de um escritório de advocacia. Estava tudo às escuras, mas mesmo assim era possível enxergar as silhuetas de algumas pessoas aglomeradas.

Antônio estranhou aquilo, mas resolveu perguntar o que estava havendo e pedir ajuda; sem saber que, para ele, tudo estava prestes a piorar.

* * *

Dentro do elevador, Zotto mantinha Raul imobilizado sem grandes dificuldades, visto que se mantinha sentado nas costas do amigo e torcendo seu braço para trás. Mariana, Joana, Robson e Rodolfo observavam a cena em silêncio, aguardando, ansiosos, o retorno de Antônio.

— Raul, você se lembra de mim? Sou eu, Mariana. — Ela decidiu quebrar o silêncio, tentando um novo contato com o namorado.

Raul, entretanto, não deu nenhum sinal de que havia entendido algo e continuou grunhindo baixo, tentando se libertar.

— Esquece, Mariana, ele está completamente alucinado. — Joana soltou um suspiro. — Você sabe se Raul usa drogas?

— Acho que não. Pelo menos ele nunca comentou nada comigo — Mariana respondeu, desanimada. — Você acha que pode ser isso?

— Lógico que sim! — Zotto se intrometeu. — Ele me jogou longe como se eu fosse uma bola!

— Não sei, só quero sair logo daqui. Não estou gostando nada disso — Robson meneou a cabeça. — Só espero que Antônio...

Robson não concluiu a frase. Naquele momento, notou que todas as pessoas desmaiadas dentro do elevador abriram os olhos.

— Ei, o pessoal está acordando! — Robson falou, animado. — Isso significa que...

E mais uma vez se interrompeu, ao notar algo tremendamente estranho em todos.

Os olhos. Todos os olhos. Estavam completamente brancos.

Mariana fitou Mayara, sua amiga japonesa, que também havia mergulhado naquele transe misterioso. Mayara tinha olhos brancos e mortos, como os demais. E também mostrava a mesma expressão ausente de Raul há poucos minutos. Naquele momento, ela teve uma certeza aterrorizante.

— Galera, precisamos sair daqui! — Mariana sussurrou, mas com uma urgência de gelar o sangue. — E tem que ser agora!

— Meu Deus do céu, você está pensando o mesmo que eu? — Joana se espremeu contra a parede de aço enquanto observava aquela gente ensaiar os primeiros movimentos.

— Puta merda, eles estão iguais ao Raul, não é? Eles vão nos atacar! — Zotto olhava para o amigo, que ainda tentava se soltar.

— Eu acho que sim! — Mariana murmurou entre os dentes. — E se nós mal conseguimos conter um, como iremos deter dez pessoas?

— Calma, pessoal, nós vamos pensar numa forma de... — E foi a vez de Joana não conseguir terminar a frase.

Todos se sobressaltaram quando ouviram um grito de horror de um homem, vindo do corredor logo acima de suas cabeças, seguido do barulho de uma porta de vidro sendo despedaçada.

* * *

Antônio se aproximou da porta do escritório de advocacia tentando entender o que se passava. Ele conseguia enxergar um grupo de pessoas, talvez umas seis ou sete ao todo, aglomeradas na pequena recepção em meio às trevas. Estavam todos ajoelhados ou curvados, como se tentassem ao mesmo tempo pegar algo no chão.

Antônio achou aquilo muito estranho, mas, no fundo, estava mesmo ansioso para encontrar alguém e assim talvez conseguir ajuda mais rápido. No entanto, ele precisava enxergar algo e por isso apontou a luz do celular na direção daquele grupo misterioso.

Atraídos pela luminosidade, diversos daqueles indivíduos ergueram-se e se viraram na direção de Antônio, revelando a cena macabra.

Eles tinham os mesmos olhos brancos de Raul e os rostos sujos de sangue. Alguns mastigavam avidamente tiras de carne ensanguentada, enquanto outros tinham grandes fragmentos de carne nas mãos ou pendendo dos lábios.

— Mas que porra é essa?! — Antônio balbuciou, com os olhos esbugalhados de surpresa e terror.

E o terror se transformou em pânico quando ele apontou a luz mais para baixo e viu duas pernas de mulher em meio àquela turba grotesca.

Não dava para enxergar o rosto, mas era fácil ver que era uma mulher de salto alto e saia marrom que jazia deitada no centro daquela cena. Da cintura para cima, entretanto, ela havia sido reduzida a uma massa ensanguentada, uma mistura de sangue e tripas esparramadas.

Aquela gente estava arrancando suas vísceras com as mãos e devorando-as, mastigando de forma ruidosa, selvagem.

E quando viram Antônio, largaram tudo e avançaram ao mesmo tempo contra a porta de vidro. Foi tão repentino que Antônio não teve outra reação a não ser gritar quando o bando atravessou a porta como se ela não estivesse ali.

Algumas daquelas pessoas se feriram nos fragmentos de vidro da porta estilhaçada. Uma mulher que vinha logo à frente e que mostrava dentes brancos arreganhados e tingidos de vermelho bateu o rosto contra a chuva de cacos quebrados, sofrendo múltiplos ferimentos na face selvagem.

Mas ela não se importou e nem sequer desacelerou. A mulher se lançou contra Antônio e o agarrou, sendo imitada pelos demais. O rapaz gritou de pânico mais uma vez quando caiu rente à parede, enquanto o grupo se amontoava sobre ele.

A primeira criatura o apertou num abraço mortal e mordeu sua orelha esquerda com violência, arrancado-a inteira e de uma só vez. Antônio berrou de dor e desespero, enquanto o sangue jorrou da laceração, tingindo o chão de rubro.

Outra criatura agarrou-lhe a perna e mordeu sua coxa, lacerando o músculo. Outra segurou seu pulso e mordeu seu antebraço, arrancando mais um pedaço imenso de tecido, gordura e nervos. Antônio berrou de novo, enlouquecido de dor.

Mariana e os demais ouviram os gritos e começaram a se acotovelar na abertura estreita, tentando enxergar o que estava acontecendo. A única exceção era Zotto, que continuava prendendo Raul.

— O que será isso?! — Mariana perguntou assustada, tentando divisar algo na escuridão mais à frente.

— Não faço ideia! — Rodolfo respondeu em voz alta. — Acho que tem alguém sendo atacado! E pelo jeito é Antônio!

— Nós precisamos ajudá-lo! — Mariana falou, com o coração disparado no peito. — Vamos sair daqui, rápido!

— Não vamos, não! Pode ser perigoso! — Joana contrapôs, aterrorizada, enquanto os urros e gritos de Antônio iam ficando cada vez mais fracos.

— Ei, vocês não vão a lugar algum! Os outros estão acordando, não posso ficar aqui sozinho! — Zotto gritou.

Raul, ao ouvir toda aquela confusão, pareceu ter ficado mais agitado ainda e se debatia incessantemente, tentando se libertar de Zotto.

De repente, eles começaram a ouvir vários passos pelo corredor. Alguém vinha em disparada, acompanhado de algo que mais parecia uma orquestra de urros e gemidos animalescos.

Mariana e Rodolfo se esticaram mais uma vez junto à abertura do elevador, tentando enxergar algo. E o que surgiu diante deles foi assustador.

Antônio se jogou na abertura, tentando voltar para o elevador. Ele pulou num movimento desesperado, mas não conseguiu atravessar a passagem e bateu a clavícula contra a borda da abertura.

Mariana e Rodolfo deram um salto para trás ao ver a aparência do amigo. Joana soltou um grito de puro horror e Zotto ficou completamente petrificado, sem pronunciar uma única palavra.

Antônio estava com o rosto completamente ensanguentado. Além da orelha, um olho e parte da bochecha e dos lábios haviam sido arrancados, o que deixava parte dos dentes à mostra. O único olho bom girava na órbita no mais absoluto terror, de forma suplicante.

— Ajudem-me... por favor... — Antônio balbuciou, esticando a mão para dentro da caixa de metal.

Mariana saiu do seu torpor e agarrou a mão do colega no intuito de puxá-lo para dentro. No mesmo instante, entretanto, ele foi arrastado de volta para o corredor, ficando apenas com o rosto e um braço visíveis. Alguém tentava puxá-lo de volta a todo custo.

— Nãããããooo! Socorrooooooo! Ajudem-me, por favor! — Antônio berrava a plenos pulmões.

— Ajudem-me aqui! Rápido! — Mariana gritou para os demais.

Robson se juntou a ela na tentativa de salvar o amigo.

Joana e Rodolfo se espremeram contra as paredes de aço, como se quisessem ficar longe daquele horror. Zotto gritava para eles o ajudarem a controlar Raul para fugirem dali. Robson e Mariana seguravam o pulso de Antônio, tentando vencer aquele cabo de guerra de vida ou morte.

— Meu Deus do céu, eles estão me mordendo! Socorro! Mãe, me ajuda! Eu não quero morrer! — Antônio berrava desesperado, sentindo a dor da carne sendo rasgada a dentadas. As lágrimas caíam copiosas do único olho bom.

— Nós vamos te ajudar! Aguenta firme! — Mariana fazia um esforço supremo, apertando o pulso do infeliz com tanta força que suas unhas cravaram-se na carne dele, fazendo o sangue pingar.

E para surpresa de todos, que se perguntavam o que estava atacando o amigo, uma das criaturas surgiu diante daquela pequena plateia aterrorizada. Um verdadeiro pesadelo em forma humana.

Um homem de aparência tresloucada pulou sobre Antônio, abocanhando a orelha remanescente e puxando com força até a pele se romper, salpicando o rosto do atacante com sangue. Antônio, dilacerado, fechou o olho e trincou os dentes numa careta de sofrimento e pânico.

Mariana gritou diante daquilo e quase soltou o amigo, com o susto. O homem que matava Antônio a dentadas estava igual a Raul, com olhos brancos e leitosos e uma aparência de total ferocidade.

— Não me solta! Não me solta! Não me... — Antônio pediu, mas um puxão mais forte o arrancou das mãos de Mariana e Robson.

As unhas compridas da moça aflita deixaram um rastro de arranhões no braço dele até que o moribundo sumiu de vista. Mas os pedidos de socorro continuaram, logo ali, ao lado deles.

Pega de surpresa pela violência daquela última investida, Mariana caiu para trás, sobre um homem que acordava.

Robson, imprudentemente, se projetou para fora, tentando alcançar o amigo outra vez. E aquele foi o seu maior e último erro.

Outra criatura se lançou sobre ele, agarrando sua cabeça e mordendo sua nuca. Era um homem musculoso que o agarrou com tanta força que quebrou seu pescoço com facilidade, fazendo seu corpo começar a tremer, dominado por espasmos. Robson emitiu um gemido, mas nem chegou a gritar.

Rodolfo e Joana, enfim, reagiram e agarraram o colega mortalmente ferido, tentando puxá-lo de volta para o elevador, apesar de ambos terem ouvido o grotesco som das vértebras se partindo.

Robson parecia um boneco de pano pendurado pela abertura do elevador, com aquela criatura imensa apoiada sobre sua cabeça e rasgando a carne de seu pescoço com os dentes, como se fosse de papel.

Quando Joana e Rodolfo tentaram puxar Robson de volta, várias outras mãos surgiram por todos os lados, agarrando o corpo inerte do rapaz e puxando-o para o corredor também. Eram tantos e tão fortes que o arrastaram com facilidade, ralando seu tronco e suas pernas pela abertura. Um dos sapatos caiu de seu pé e ficou tombado solitário dentro do elevador.

Mariana permaneceu caída e com os olhos esbugalhados olhando para a abertura pela qual Antônio e Robson desapareceram, tentando descobrir se aquilo tudo estava acontecendo de verdade ou se era apenas uma visão terrível que parecia real.

Os gritos de Antônio cessaram de repente, mas os grunhidos e urros das criaturas ferozes que dilaceravam os dois infelizes eram cada vez mais altos.

Mariana, então, voltou toda a sua atenção ao gemido grotesco que ouviu bem ao seu lado.

O homem sobre o qual ela caíra a agarrou pelos cabelos e puxou sua cabeça para trás, trazendo-a para perto de si. Mariana soltou um berro de pânico e reagiu por puro reflexo, virando o cotovelo para trás e batendo com violência no nariz da criatura.

O homem soltou-a pelo golpe repentino e Mariana girou o corpo caindo sentada do outro lado do elevador, em meio a outras pessoas que também grunhiam e gemiam cada vez mais alto.

Rodolfo e Joana se entreolharam, fitaram Mariana e tomaram uma decisão sem pronunciar uma única palavra. Ambos se projetaram ao mesmo tempo para a abertura na parte de baixo do elevador, torcendo para que houvesse espaço suficiente para que passassem.

Joana se arremessou para a escuridão. Por ser muito magra, conseguiu atravessar o vão da parte inferior e caiu de cabeça no chão do corredor do andar de baixo, quase fraturando o crânio.

Rodolfo veio logo em seguida. Por um instante aterrorizante, ele achou que ficaria preso no vão. Mas o seu peso, somado ao pânico, fez com que ele atravessasse a passagem estreita, mas não sem antes ralar a barriga e as costas.

Mariana viu os dois amigos fugindo e ficou sem saber o que fazer. Olhou para Zotto sentado nas costas de Raul, sofrendo para manter o colega preso, e olhou para o homem que tentara agarrá-la um instante antes, que ainda tinha tufos de seu cabelo nas mãos. E, pior, olhou ainda para as outras oito pessoas que começavam a se levantar.

Aqueles desgraçados se esforçavam para ficar de pé, segurando-se nas paredes e uns nos outros. Alguns pareciam confusos e desorientados. Outros fitavam Zotto e Mariana com semblantes cada vez mais ferozes. Mayara encarava a amiga com um misto de fúria e ansiedade, como se estivesse diante de um banquete.

Todos grunhiam como animais. Eram sons que nunca poderiam ser atribuídos a seres humanos. Eram gemidos das trevas, de seres sem alma e destinados a infligir sofrimento e morte aos homens.

Eram os lamentos dos zumbis.

Por um instante, Mariana olhou no fundo dos olhos de Zotto, visivelmente assustado. Ele suava em bicas e seus olhos começavam a marejar diante do que iria acontecer.

— Não, Mari... — Zotto balbuciou, suplicante.

— Eu sinto muito... — Mariana murmurou, sentindo-se a pior pessoa do mundo pelo que estava prestes a fazer.

E, assim, ela se virou e se lançou pela abertura do elevador em direção às trevas. O homem que tentara agarrá-la se esticou todo para detê-la, chegando a resvalar os dedos no seu sapato. Mas não foi rápido o suficiente e a moça desapareceu.

Dessa forma, todas as atenções se voltaram para Zotto, ele sabia que se apenas se mexesse, Raul iria se soltar e o atacaria sem piedade.

O pobre rapaz olhou em volta, cercado de criaturas famintas e ferozes por todos os lados.

— Pai nosso que estais no céu, santificado seja o Vosso nome, venha a nós o Vosso reino, seja feita... — Zotto começou a murmurar com voz trêmula, sentindo as lágrimas queimarem seus olhos.

Então as criaturas avançaram contra ele ao mesmo tempo e os gritos foram ouvidos à distância, enquanto o sangue escorria pela abertura do elevador e caía no corredor do andar de baixo em jatos fortes.

* * *

Assim que Mariana caiu no corredor, sentiu mãos puxando-a e colocando-a em pé. Ela começou a ser arrastada por Joana e Rodolfo pelo corredor escuro enquanto os gritos de Zotto ecoavam de forma ensurdecedora.

Correram, em meio à escuridão, até avistarem a porta corta-fogo, identificada com tinta fluorescente, que os separava das escadas.

Os três atravessaram a passagem e chegaram até as escadas em tempo recorde, batendo com violência a porta e deixando para trás os berros de agonia do amigo abandonado à própria sorte.

— Meu Deus do céu, o que foi que eu fiz?! Nós precisamos voltar! — Mariana levou as mãos à cabeça.

— Você enlouqueceu?! Quer morrer também?! — Rodolfo se sentou nos degraus, tentando recobrar o fôlego.

— Ele é nosso amigo, não podemos abandoná-lo assim! — Mariana, desesperada, sentou-se também.

— Só se for *seu* amigo. Eu mal o conheço — Joana respondeu, indiferente, limpando o suor da testa.

— Ele ficou lá por nossa causa! Não é justo! — Mariana retrucou, desesperada.

— Mari, vê se acorda! Eram umas dez pessoas lá dentro e pelo visto todos estavam tão malucos quanto Raul! — Rodolfo disparou.

— Você viu o que aquelas coisas no elevador fizeram com Antônio e Robson. — Joana balançava a cabeça, como se quisesse apagar as lembranças das cenas que presenciara momentos antes.

— Aquelas "coisas no elevador" eram nossos colegas de trabalho, esqueceram? Eles têm nomes, famílias, vidas! Pelo amor de Deus, Joana, era Mayara que estava lá dentro! — Mariana falou, aflita.

Joana levou as mãos ao rosto. Não podia acreditar no que estava acontecendo, era tudo absurdo demais.

— Nós precisamos sair daqui, isso sim. Vamos descer pelas escadas até o térreo e tentar pedir ajuda. — Rodolfo conferiu o celular novamente. Ainda sem sinal.

— O que aconteceu com aquela gente? Todos enlouqueceram ao mesmo tempo? — Mariana enfiava os dedos nos cabelos, se perguntando quando aquele pesadelo iria acabar e ela finalmente acordaria.

— Deve ser algum tipo de doença ou vírus, sei lá. Como naqueles filmes em que uma pessoa é contaminada e se transforma num tipo de zumbi assassino — Joana sugeriu, perplexa.

Mariana se arrepiou com o uso do termo "zumbi". Ela nunca havia sido adepta de histórias de terror, mas de uma coisa tinha convicção: zumbis não existiam. Eles pertenciam à mesma categoria dos vampiros e dos lobisomens: não passavam de invenções de pessoas interessadas em ganhar dinheiro dando sustos nos outros.

Mas negar o que acabara de presenciar seria estupidez. Mariana não fazia ideia se aquelas pessoas poderiam ser tratadas e assim voltar ao normal, mas o fato era que elas estavam se comportando como loucas, sem raciocínio e sem piedade, e, ainda por cima, devorando outros seres humanos.

Se eles não eram zumbis, o que mais seriam?

— Pessoal, quer eles sejam zumbis, quer não, o fato é que Rodolfo tem razão; temos de sair daqui. Precisamos seguir em frente e descer até a recepção. Faltam apenas nove andares, em alguns minutos chegaremos lá. — Mariana ficou de pé, tentando se conformar com a situação.

Os outros dois assentiram e levantaram-se também.

A escada de incêndio estava sem a iluminação principal, mas as luzes de emergência haviam se acendido, possibilitando, assim, que eles enxergassem por onde andavam. Mas, na penumbra, aquele espaço ganhava contornos fantasmagóricos.

— Só uma coisa. Nós precisamos caminhar no mais absoluto silêncio e com muito cuidado, está bem? — Mariana usava a luz do celular para iluminar melhor o caminho ao descer os primeiros degraus.

— Por que você acha isso? — Rodolfo perguntou, parando de descer a escada.

— Não é óbvio? Pode ser que haja outros zumbis por aí — Mariana engoliu em seco. — Havia diversos no elevador conosco e alguns no corredor. Seja lá o que for que aconteceu com aquelas pessoas, pode ter afetado outros também. Talvez até mesmo o prédio todo.

Joana e Rodolfo se entreolharam. Apesar de ser sábado, sabiam que sempre havia mais funcionários trabalhando ali. No mínimo, algumas centenas de indivíduos estariam dentro daquele edifício, naquele momento. O problema poderia ser muito maior.

— Espero que você esteja errada, Mari. Espero, sinceramente, que você esteja completamente errada — Joana sussurrou, seguindo a amiga.

Mariana consultou o celular de novo, mas continuava sem sinal. Ela estava com um pressentimento muito ruim crescendo no peito. Queria muito falar com alguém.

— O que você está pensando, Mariana? Sei que você está pensando em algo preocupante, está estampado na sua cara.

Eles chegavam ao andar de baixo, que estava no mais absoluto silêncio.

— Rodolfo, já parou para pensar que pode não ser coincidência tudo o que está acontecendo hoje? — Mariana parou e encarou o colega.

— Como assim? Qual parte? Além do fato de que vimos um monte de gente, homens e mulheres se transformando em loucos canibais? — Rodolfo comentou com um sorriso fraco no rosto, que logo murchou.

— Refiro-me ao fato de estarmos sem energia elétrica, sem sinal de telefone, sem contato com a segurança do prédio. Fomos perseguidos por pessoas enlouquecidas e o pior de tudo... — Mariana se interrompeu, pesando as palavras.

— O que é o pior de tudo, Mari? — Joana sentia uma certeza absoluta de que iria se arrepender por ter feito aquela pergunta.

— O pior de tudo é que hoje é o dia em que aquele planeta estaria mais próximo da Terra. Acham que é coincidência? Será que isso que está acontecendo se restringe a este prédio? — Mariana indagou, muito séria.

— Não brinca, Mari! Por que raios você está falando isso? Se queria me assustar, está conseguindo. — Joana arregalou os olhos.

— Ah, é? Então, por que nossos celulares não funcionam? Diferentes aparelhos de diferentes operadoras? Mera coincidência? — Mariana aparentava calma, mas, no fundo, estava com muito medo do que iria encontrar mais à frente.

Antes que Joana pudesse responder, os três ouviram um barulho. Foi algo sutil e um pouco distante. Na prática, poderia não ser nada, mas aquele não era um dia para se ter esperanças. Os três pararam e apuraram a audição.

— O que foi isso? — Joana perguntou num sussurro.

— Tem alguém à frente. Alguém caminha nas escadas mais abaixo — Mariana murmurou, tentando ouvir melhor.

Permaneceram em silêncio por alguns instantes, tentando decidir o que fazer. Estavam no sétimo andar ainda; havia um longo caminho para percorrerem até o térreo.

Depois de alguns instantes, Rodolfo decidiu averiguar. Não podiam ficar parados ali por muito tempo, tinham de seguir em frente.

— Fiquem aqui, está bem? Vou ver se é seguro e já volto. — E Rodolfo apontou a luz do celular à frente.

Mariana e Joana não discutiram; num momento como aquele não pretendiam clamar por direitos iguais. Rodolfo podia ficar à vontade para assumir os riscos.

O rapaz desceu um lance de escadas completo, chegando até o sexto andar. Ele já desconfiava de que tudo não passava da imaginação ou mesmo algum rato vagando por ali. Mas, quando planejava voltar para chamar as garotas, ouviu um novo barulho, bem mais nítido.

Havia alguém no corredor do sexto andar. Do outro lado da porta corta-fogo. Era claramente o barulho de passos, muitíssimo próximos.

Rodolfo ficou na dúvida. Não ouvia nenhum dos sons das pessoas perturbadas com as quais lidara havia pouco. Nenhum gemido ou grunhido, apenas passos. E se fossem pessoas sãs como eles? E se fosse a ajuda finalmente chegando?

Bem, precisava se certificar. Ainda não estava convencido da ideia de uma infestação geral de psicopatas no prédio.

Com muito cuidado, Rodolfo empurrou a barra antipânico para baixo, fazendo a pesada porta de aço se abrir. Uma espiada, apenas uma pequena fresta seria suficiente para tirar a dúvida.

O que ele viu o deixou perplexo.

* * *

Joana e Mariana aguardavam em silêncio absoluto. Mal respiravam, esperando que Rodolfo desse algum sinal de vida. Queriam que ele retornasse logo para continuarem descendo. Ambas estavam ansiosas para sair daquelas escadarias.

De repente, a voz de Rodolfo ecoou pelas escadas, vinda do andar inferior:

— Corram! Rápido! — O som dos seus passos correndo degraus acima trovejou naquele espaço reduzido.

As duas garotas se colocaram de pé num salto. E mesmo tendo se levantado rápido, mal conseguiram se mexer antes de Rodolfo passar por ambas como um foguete.

No momento em que ele já começava a subir o próximo lance de escadas, elas ouviram os sons grotescos das criaturas que vinham logo atrás do amigo.

As duas se entreolharam e dispararam degraus acima. Mais parecia que elas tinham asas nos pés, impulsionadas pela descarga de adrenalina.

Subiram inacreditáveis dez andares correndo até, enfim, pararem. Estavam completamente ofegantes, mas, mesmo assim, teriam sido capazes de continuar subindo se não fosse por outro problema: mais barulhos, logo acima de suas cabeças. Os mesmos grunhidos selvagens e não humanos. O mesmo som de morte apenas alguns degraus adiante.

— Parem! — Joana sussurrou. — Tem mais dessas coisas à frente.

— Meu Deus, o que vamos fazer?! — Rodolfo respirava com dificuldade. Era uma missão impossível fazer silêncio enquanto os pulmões imploravam por oxigênio.

Mariana olhou na direção dos andares inferiores da escadaria, tentando apurar a audição. Não tinha como enxergar o que vinha mais abaixo, mas dava perfeitamente para ouvir os sons. As criaturas continuavam subindo, incansáveis.

— Eles vêm vindo. Vamos ficar encurralados, precisamos sair daqui. Em qual andar estamos? — Mariana perguntou, sem fôlego. Sua falta de ar só não superava o medo.

— Décimo sétimo. Faltam dez para o telhado — Rodolfo constatou.

Um novo grunhido bem mais alto se elevou e ficou óbvio que eles precisavam tomar uma decisão, antes que ficassem sem saída.

— Não tive tempo de perguntar antes: quantos zumbis estão subindo as escadas? — Mariana indagou.

— Uns quinze, eu acho — Rodolfo afirmou.

— Esquece. Temos que fugir. — Mariana desceu mais alguns degraus e se aproximou da porta que levava ao corredor do décimo sétimo andar.

— Calma aí! Quem garante que não há mais deles do outro lado dessa porta? — Joana chiou entre os dentes.

— Podemos sair daqui ou lutar contra quinze dessas coisas. O que você prefere? Eu pego os cinco da esquerda, que tal? — Mariana perguntou sem olhar para Joana. Estava apavorada, cansada e sem tempo para discussões.

Mariana precisava abrir uma fresta da porta e enxergar o corredor da forma mais silenciosa possível, sem perda de tempo. Era tudo o que importava naquele momento.

Aparentemente, estava tudo calmo. Ela iluminou aquele espaço com a luz do celular e não viu nenhuma movimentação.

Não havia mais tempo para nada. Os zumbis estavam no andar de baixo e para ela e seus colegas continuar subindo não era uma opção. Era agora ou nunca.

Mariana saiu para o corredor, seguida por Joana e Rodolfo. Fecharam a porta com todo o cuidado, para não fazer barulho, um segundo antes de as primeiras criaturas surgirem na escada.

* * *

Os três amigos aguardaram no corredor escuro durante alguns longos minutos, torcendo para que os zumbis seguissem em frente. Permaneceram junto à porta, rezando para que as criaturas não tivessem a genial ideia de entrar exatamente onde eles estavam.

Por sorte, nada aconteceu. Eles ouviram nitidamente quando os seres subiram os degraus resmungando e grunhindo, avançando para os andares superiores. Mas ficaram surpresos com o tempo que aquela procissão funesta demorou. Quando os sons cessaram por completo, Mariana falou:

— Rodolfo, eu tive a sensação de que havia muito mais do que quinze dessas coisas subindo as escadas, você não acha? — Mariana sentia, enfim, o coração desacelerar.

— Também acho! Parece que eles andam em bandos e cada vez vão juntando mais. — Rodolfo enxugou o suor do rosto com a manga da camiseta.

— Sim, e eles vão se juntar aos que estavam no andar de cima. Só Deus sabe quantos deles são agora. — Mariana engoliu em seco. — Vocês acham que estão nos caçando?

— Não faço ideia. Essas pessoas estão bem longe de ser normais. Acho improvável que estejam racionais o suficiente — Joana meneou a cabeça. — Lembram-se de Raul? Ele nos atacou como se fosse um animal selvagem!

Ao ouvir aquilo, Mariana finalmente se deu conta de algo terrível. Era possível que o seu filho nascesse sem pai. Talvez Raul nunca se recuperasse daquele surto. Ela não tivera tempo ainda de aceitar o fato de que estava grávida.

Mariana sacudiu a cabeça, tentando afastar aqueles pensamentos mórbidos. Precisava ser lógica naquele instante e estabelecer prioridades. E o mais importante era se proteger e tentar obter ajuda.

Olhou em volta usando a luz do celular. Aquele corredor era muito similar aos demais do prédio, com algumas portas de vidro de escritórios diversos. E não havia nenhuma movimentação, nenhum sinal de vida.

— Precisamos de um telefone que funcione. Temos que pedir ajuda. Nunca conseguiremos sair deste prédio com essas coisas circulando por aí.

— Bom, Mariana, eu sugiro arrombarmos uma dessas portas e entramos num desses escritórios — Rodolfo falou, por fim. — E rezarmos para que algum telefone funcione.

— Nós iremos para a cadeia desse jeito — Joana comentou, cismada.

— Prefiro a cadeia ao cemitério. — Em seguida, Rodolfo se adiantou e forçou uma das portas.

Bastaram algumas pancadas para que ela se abrisse, e isso complicou tudo novamente.

Assim que a porta se abriu, o alarme de segurança daquela pequena empresa disparou, atraindo a atenção das centenas de zumbis existentes naquele prédio.

— Mas que merda! Como essa coisa pode estar funcionando se não tem energia elétrica? — Rodolfo tentava fazer a voz sobressair ao som estridente do alarme.

— Deve funcionar com bateria. Estamos ferrados, isso vai atrair essas criaturas! — Joana levou as mãos à cabeça.

Mariana olhou ao redor, tensa. O som do alarme era enlouquecedor e tornava ainda mais difícil a tarefa de raciocinar. Mas ela precisava se concentrar. O tempo deles estava correndo; em poucos instantes teriam companhia, tinha certeza disso. Os três precisavam de um plano.

Foi quando Mariana enxergou o óbvio. Tempo. Era disso que eles precisavam. Mais tempo.

Mariana entrou no escritório diante dos olhares aturdidos dos colegas. Havia uma mesa com um notebook e alguns utensílios de escritório em cima. Mariana ergueu uma das extremidades e derrubou tudo no chão.

— Não fiquem me olhando, ajudem aqui! Precisamos bloquear a porta das escadas, agora! — ela berrou.

Pareceu que Rodolfo e Joana levaram uma descarga elétrica ao ouvirem aquilo. Ele agarrou a mesa junto com a amiga e a ajudou a levar o móvel para o corredor, jogando-a em frente à porta.

Joana veio atrás com uma cadeira e a empilhou junto com a mesa. Ela apurava a audição e já conseguia escutar os primeiro grunhidos do lado de fora, apesar do barulho do alarme. Quando se virou, viu Mariana e Rodolfo arrastando um armário de madeira, que eles jogaram sobre o resto.

Naquele instante, a porta se abriu cerca de três centímetros. Dedos sujos de sangue surgiram pela fresta e grunhidos e urros se fizeram ouvir muito mais nítidos.

Joana gritou de pavor ao ver o que estava do lado de fora. Meia dúzia de pessoas de olhos brancos e aparência feroz se acotovelavam próximas à porta e outras dezenas vinham se aproximando, algumas descendo e outras subindo as escadas.

Rodolfo se adiantou e empurrou ainda mais a pilha de móveis que servia de bloqueio, dificultando a entrada.

— Tragam mais coisas, rápido! — ele gritou para as amigas.

Quando Joana se virou, Mariana já arrastava outra mesa sozinha. Ela se uniu à amiga e juntas tombaram mais aquele móvel em frente à passagem.

E, assim, freneticamente os três trouxeram tudo o que foi possível. Uma pequena geladeira que ficava na copa da empresa, mesas, cadeiras, armários e até mesmo computadores. Foram amontoando tudo o que podiam, até conseguirem formar uma barreira desigual, mas sólida. Em alguns pontos, a pilha de objetos tinha quase dois metros de altura.

Ao final, os três se sentaram com as costas apoiadas sobre a montanha de tralhas que improvisaram, escutando ainda o som insuportável do alarme e, ao fundo, os grunhidos das criaturas, cada vez mais numerosas, que tentavam entrar a todo custo.

— Essa foi por pouco... — Mariana encostou a cabeça numa das mesas viradas ao contrário.

— Boa ideia, Mari, mandou muito bem — Joana passou a mão no calombo que se formara em sua cabeça com a queda ao sair do elevador.

Logo em seguida, o alarme parou de tocar, causando alívio aos ouvidos dos três.

— Acho que acabou a bateria. Graças a Deus, eu estava enlouquecendo — Mariana comentou.

Sem o alarme, entretanto, o som dos zumbis se amplificou tremendamente. Era uma sinfonia interminável e angustiante de gemidos.

— E agora? — Rodolfo perguntou, ofegante.

— Não faço a menor ideia. — Mariana enxugou o suor da testa mais uma vez.

* * *

Os três colegas já estavam havia mais de cinco horas dentro daquela empresa. Parecia algum tipo de escritório de contabilidade e lá encontraram água, alguns biscoitos e um sofá confortável no qual puderam sentar e descansar um pouco.

Os telefones estavam mudos também. Não havia como entrar em contato com ninguém no mundo exterior.

Devido à arquitetura do prédio, que possuía contornos modernos e irregulares e sua posição em relação à avenida, era impossível ver o que acontecia no térreo ou do lado de fora do edifício. Eles se encontravam completamente no escuro quanto ao que ocorria no mundo.

— Mariana, você acha que tem alguém lá fora tentando nos ajudar?

— Espero que sim, Joana. Este prédio já deve estar cercado de policiais, a esta hora. Acho que é mera questão de tempo até alguém aparecer.

— Mariana mastigou o último biscoito. Estava faminta, e agora não havia mais nada para comer.

— Mari, posso fazer uma pergunta? — Joana parecia um pouco sem jeito.

— Claro que sim, o que é? — Mas Mariana era capaz de adivinhar do que se tratava.

— O que estava rolando entre você e Raul? — Joana perguntou.

Rodolfo começou a prestar atenção à conversa. E aquela era do tipo que os tirava daquela realidade por um tempo.

— Nós estávamos namorando. Bom... quase rompendo, na realidade. — Mariana não tinha ânimo para inventar desculpas e sentia que agora não faria muita diferença.

— Isso eu já desconfiava, vocês disfarçavam mal pra caramba. Aliás, eu devia brigar com você por não ter me contado. Sou sua melhor amiga, poxa! — Joana comentou, sorrindo, fazendo com que Mariana e Rodolfo rissem. — A pergunta é: por que vocês brigaram?

Mariana hesitou durante alguns instantes, tentando decidir se deveria contar a descoberta de mais cedo. Era incrível; fazia apenas algumas horas que havia feito o teste, mas parecia que fora em outra vida.

— Eu contei a Raul que estou grávida e, por isso, acabamos brigando — Mariana respondeu, por fim, levando instintivamente as mãos ao ventre.

Joana e Rodolfo se sobressaltaram. Fizeram vários comentários felicitando Mari e perguntando se ela estava bem ou precisando de algo. Ela adorou aquilo. Apesar das circunstâncias, era ótimo ver alguém se preocupando com ela.

— Depois que esta loucura toda terminar, eu prometo que vocês dois serão os padrinhos do bebê, combinado? — Mariana sorria.

Rodolfo e Joana acharam graça e aceitaram na mesma hora.

Eles ficaram em silêncio imediatamente quando ouviram um som nítido de algo caindo no corredor. Aquilo só poderia significar problemas.

— Ai, não, o que foi isso? — Joana sentiu o coração acelerar cada vez mais.

— Não sei, mas temos de checar. — Mariana se levantou.

— Você não vai. Fique sentada aí e descanse. — Rodolfo apontou o sofá para ela.

— Vocês podem parar; eu estou grávida, não doente. — E Mariana rumou para a porta.

Os amigos a seguiram, sem parar de protestar.

Quando Mariana chegou ao corredor, entretanto, sua coragem sumiu num passe de mágica. Talvez não fosse má ideia deixá-los tomar conta de tudo.

Havia um zumbi no corredor. Ele tropeçara na pilha de objetos acumulados na porta, que estava com uma abertura de cerca de um palmo agora.

O ser era alto e esquelético, por isso conseguiu passar pela fresta, algo que nenhuma outra criatura pudera fazer até aquele momento. Outras daquelas feras o observavam do lado de fora, gemendo de frustração e raiva por não poderem entrar também.

A criatura estava toda ensanguentada e com as roupas em frangalhos, o que permitia ver as costelas do corpo delgado e ossudo. Pedaços de tecido e músculos pendiam das lacerações da pele que podiam ser vistas por todo o corpo da fera que, como as outras, possuía olhos brancos e sem vida.

O zumbi tornou a tropeçar no meio da pilha de móveis e objetos organizados como barreira, ficando com uma das pernas presa entre duas mesas. Para uma pessoa normal, atravessar aqueles obstáculos seria uma tarefa trivial, mas para um ser desprovido de raciocínio e coordenação motora era algo complexo.

Joana e Mariana deram um passo para trás, instintivamente. Rodolfo quase recuou também diante do ser miserável, mas se conteve. Percebeu que naquele momento não se tratava de uma ameaça imediata.

— Ele está preso, estão vendo? Esse cara não tem nenhuma coordenação, parece um bêbado cheio de pinga na cabeça. — Rodolfo quase achou graça do próprio comentário.

— Bêbados não atacam os outros a dentadas — Mariana comentou. — Acho melhor você não...

Antes de concluir a frase, Mariana teve um pressentimento. E era bastante ruim, mas ela precisava saber. Todos os filmes e histórias de zumbis descreviam essas criaturas de uma forma muito similar. E se a vida imita a arte, então, eles tinham um problema ainda maior.

— Pessoal, acho que estamos ferrados. — Mariana olhava fixo o ser que tentava se soltar.

— Por que, Mari? — Rodolfo perguntou, assustado.

— Esse cara foi contaminado — Mariana respondeu, por fim.

— Todos eles foram — Joana argumentou.

— Esse foi contaminado ao ser mordido e ter partes arrancadas pelos outros — Mariana falou.

Os amigos olharam para os ferimentos do zumbi. Estava claro que ele havia sido violentamente atacado por outras criaturas.

— Olhem para eles. Não estão brigando entre si, não estão se atacando. Parecem em perfeita harmonia. — Mariana apontava os zumbis que se acotovelavam na porta atrás da barricada improvisada. — Eles não ferem uns aos outros. Esse cara foi ferido enquanto ainda estava normal como nós e se transformou depois disso. Essa praga, essa doença, ou seja lá o que for isso, é transmissível pelo ataque. Eles o morderam e ele se transformou... nisso. — E apontou para o zumbi esquelético.

— Você acha então que Antônio, Robson e Zotto... — Joana iniciou a frase sem coragem de terminar.

— Sim, aposto que eles estão zanzando pelas escadas. Talvez estejam no meio desses infelizes aí fora, loucos para entrar aqui. — Mariana soltou um suspiro de desânimo.

E seu estado de espírito não era tanto pelos amigos, mas pelas implicações daquela conclusão.

— Deem uma boa olhada neles. Esse é o nosso futuro. — Mariana indicou os zumbis, enquanto uma lágrima rolava dos seus olhos.

* * *

Os três amigos observaram por longos minutos as patéticas tentativas daquele zumbi de se soltar da barricada de móveis improvisada. Após alguns instantes refletindo sobre as conclusões de Mariana, Rodolfo decidiu abordar o inevitável:

— Esse cara é lesado, mas não vai ficar preso aí para sempre. O que vamos fazer com ele?

— Iremos matá-lo — Mariana respondeu com naturalidade.

— Você está brincando, certo? — Joana encarou a amiga, horrorizada.

— Eu pareço estar brincando? — Mariana devolveu a pergunta, com cara de poucos amigos.

— Mari, ele é uma pessoa, não podemos matá-lo! — Joana argumentou.

— Ele *era* uma pessoa. Agora, transformou-se num ser irracional que pode nos matar. Ou pior ainda: pode nos contaminar também. Eu voto por matá-lo — Mariana afirmou, implacável.

— Eu sou contra — Joana afirmou.

— Eu sou a favor. — Rodolfo deu de ombros.

— Rodolfo! — Joana exclamou, estupefata.

— Não vou me arriscar para proteger alguém que nem imagino se tem salvação. Ele é uma ameaça muito pior do que eu imaginava. Vamos matá-lo. — Rodolfo tornou a dar de ombros.

Joana protestou, mas estava óbvio que seria inútil. Os amigos se mostravam inflexíveis.

— Só não sei como iremos fazer isso. — Rodolfo franziu a testa. — Ele está todo ferido e ainda assim continua de pé. Creio que quando se transformam nisso, eles ficam mais fortes e resistentes. Raul, por exemplo, quase acabou com todos nós sozinho.

Mariana olhou em volta, tentando encontrar inspiração. Não havia nada que pudessem usar como arma. E, para piorar, ela estava com a impressão de que aquela coisa começava a se soltar. Foi quando teve uma ideia:

— O poço do elevador! Vamos jogá-lo lá embaixo. Será uma queda de uns sete andares até onde o aparelho parou, isso deve ser o suficiente. — Mariana indicou as portas de aço, esbanjando sangue-frio.

Rodolfo apoiou a ideia imediatamente. Joana, por seu lado, não se moveu, recusando-se a participar daquela atrocidade.

Rodolfo e Mariana se posicionaram de ambos os lados da porta e cada um agarrou uma das laterais. De forma sincronizada, puxaram cada um para o seu lado, escancarando a entrada. Um bafo quente subiu do poço escuro.

Quando eles acabaram aquela operação, entretanto, as coisas se precipitaram. O zumbi esquelético se debateu tanto que parte da pilha de móveis tombou, fazendo com que ele caísse desajeitado. Ele ainda estava de quatro sobre os utensílios esparramados quando se voltou na direção dos três amigos perplexos.

Rodolfo se adiantou e chutou o ser nas costelas, mas não foi o bastante para derrubá-lo. O zumbi se ergueu e avançou contra o rapaz com os braços esticados, sedento de sangue.

No auge do nervosismo, Rodolfo o agarrou e girou o tronco, batendo a criatura contra a parede, mas o efeito foi zero. Aquela criatura parecia não sentir dor alguma.

Joana ficou acuada num canto sem saber o que fazer. Mariana se dirigiu à pilha de tralhas tentando achar algo que servisse como arma. Na falta de algo melhor, arrancou uma gaveta de uma mesa que tombara quando o zumbi se libertou.

A moça avançou, resoluta, contra a dupla que lutava ferozmente. Naquele momento, o zumbi havia invertido as posições e virara Rodolfo de costas contra a parede, tentando aproximar seus dentes do rosto do rapaz, que não se entregava.

Mariana se aproximou por trás da fera e espatifou a gaveta de madeira na sua cabeça. Bateu com tanta força que a peça se despedaçou por completo, abrindo um ferimento profundo na cabeça do zumbi, que, pego de surpresa, desabou no chão.

Rodolfo piscou diante da cena, mas Mariana não perdeu tempo. Ela agarrou o zumbi por um pé e o arrastou na direção da porta do elevador. A criatura estava atordoada, mas Mariana trazia no íntimo a certeza de que em alguns instantes o zumbi se recuperaria.

Mariana fez um semicírculo no corredor girando o corpo da criatura, deixando-a com a cabeça próxima do elevador. Daquela forma, seria necessário apenas empurrar para a frente e deixar o desgraçado cair.

Rodolfo e até mesmo Joana se adiantaram para ajudar a amiga. A cara do zumbi já mostrava que o atordoamento causado pela pancada na cabeça havia passado.

Era inacreditável; um golpe daqueles teria deixado fora de combate qualquer pessoa durante vários minutos, talvez horas. O zumbi, no entanto, se recuperou em segundos.

Rodolfo agarrou uma perna, enquanto Mariana e Joana agarraram a outra. Os três começaram a empurrá-lo para a frente, entretanto, o zumbi segurou nas laterais do elevador com ambas as mãos.

O ser puxou com força surpreendente para a frente, voltando a ficar sentado. E sem cerimônia agarrou o pulso de Rodolfo e mordeu sua mão.

A mordida foi tão forte, tão violenta, que arrancou-lhe o dedão, deixando um toco de osso visível em meio à pele dilacerada. O sangue espirrou abundantemente.

Rodolfo gritou de dor e soltou a criatura, agarrando o próprio pulso e olhando com perplexidade para a mão mutilada.

Joana também gritou e, instintivamente, soltou a perna do zumbi para acudir o amigo ferido.

Mas Mariana, não. Quando o zumbi soltou Rodolfo, ela o empurrou com toda a força para adiante. O ser deslizou sem oferecer resistência e passou pela abertura do elevador, despencando no poço.

Ele girou no ar durante a queda e arrebentou a testa contra as paredes, o que fez os miolos voarem e se esparramarem, até que o ser se estatelou sobre o teto do elevador. Seu abdome explodiu como um balão e suas vísceras se espalharam sobre o teto da caixa de metal.

Mariana nem olhou o resultado daquela queda. Voltou-se imediatamente para o amigo, que gemia no chão ao lado de Joana.

— Rodolfo, fala comigo! Você está bem? — ela disse, vendo-o agarrado na mão ferida.

— Eu... não... consigo... parar... de... tremer. — Ele experimentava fortes espasmos. — Ajude-me, Mari... eu estou indo embora.

Mariana e Joana se desesperaram diante daquela cena. Não sabiam o que poderiam fazer, porque não tinham nada para tratar o amigo. Na verdade, ignoravam se existia um tratamento para aquilo.

Ambas se limitaram a ficar de joelhos ao lado dele enquanto Rodolfo gemia e se contorcia.

— Fica calmo, meu querido, você não pode nos deixar! — Joana falava com lágrimas nos olhos.

— Eu... não... consigo! — Rodolfo continuava tremendo sem parar. Parecia que seu corpo enfrentava seu apocalipse pessoal; suas entranhas se contorciam com a transformação iminente.

Os olhos dele se encheram de lágrimas enquanto a dor e os espasmos atingiam um patamar inimaginável.

Mariana e Joana o fitavam, compadecidas. O que fazer? O que dizer? O tempo do pobre rapaz se esgotava rapidamente.

Rodolfo começou a balbuciar algo muito baixo, mas Mariana e Joana não conseguiam ouvir. Elas estavam hipnotizadas por outro fenômeno daquela cena dolorosa: os olhos de Rodolfo estavam ficando brancos, similares a uma clara de ovo que fica alva à medida que ia sendo aquecida.

— Meu Deus, por que isso está acontecendo? — Mariana soluçava, segurando a mão do amigo. Ela sabia que precisava se afastar dele, mas não tinha coragem.

Sentiu a pele dele fervendo de febre. O coração de Rodolfo parecia uma metralhadora; dava para sentir os batimentos apenas tocando a mão daquele pobre coitado.

Quando viu Rodolfo já com olhos brancos como algodão, tentando balbuciar algo, Mariana se curvou sobre o amigo. Ela sabia dos riscos, mas devia isso a ele. Mariana aproximou a orelha da boca de Rodolfo, que resmungava uma pequena frase:

— Me mate... — Rodolfo resmungou. — Rápido.

— Não posso fazer isso. — Mariana estava aos prantos, sendo observada por Joana, que também chorava.

Rodolfo não falou nada. Estava a um instante de perder a consciência e, quando isso acontecesse, nada mais seria como antes. Ele daria adeus à raça humana e à sanidade. E isso ele tentaria evitar.

Rodolfo se virou e passou a se arrastar na direção do elevador. Mariana e Joana observaram aquilo, atônitas. Elas não tinham coragem de intervir, nem sabiam que atitude tomar.

Rodolfo valentemente chegou até a beira do elevador disposto a se matar. Pela cabeça dele dançavam lembranças e imagens. Cenas de sua família, de sua mãe e suas irmãs. Passagens que lhe eram tão caras e que pareciam se apagar depressa. Quais eram os nomes delas? Onde ele morava? O rapaz moribundo não saberia mais responder.

E assim que Rodolfo passou a cabeça e um dos braços para dentro do poço, sua alma desapareceu na escuridão. O corpo dele inteiro relaxou e ficou inerte, com o tronco e as pernas ainda no corredor.

Joana e Mariana, de joelhos, olhavam o amigo caído. Sentiam uma tristeza e um desespero que não podiam ser descritos em palavras. Esqueceram-se dos zumbis tentando entrar a apenas alguns metros de distância, e da fome, e do medo, e de tudo.

De repente, Rodolfo ergueu a cabeça. Ele começou a se mover lentamente, olhando para os lados e tentando entender onde estava. Apesar de elas não conseguirem ver o seu rosto, ele parecia desorientado e confuso.

— Rodolfo! Que bom que... — Joana fez menção de se aproximar, mas Mariana a deteve.

— Não faça isso. É tarde demais. — Mariana segurou a amiga.

Joana parou e olhou para o amigo que, por sua vez, virou a cabeça e as encarou.

Rodolfo soltava uma baba branca e densa pela boca, com os dentes arreganhados e ameaçadores. Parecia um cachorro enlouquecido. Ele soltou um grunhido grotesco e assustador e ficou de quatro, tentando se levantar.

— Desculpe, meu amigo, mas você não merece ficar assim. — Mariana balançou a cabeça, com os olhos rasos de lágrimas.

Ela se adiantou, dando dois passos para a frente. Quando Rodolfo ficou de joelhos com aquela aparência tresloucada, similar a um animal selvagem de olhos brancos, Mariana desferiu um chute violento em seu rosto. Rodolfo se desequilibrou e caiu para trás, dentro do poço do elevador.

Rodolfo urrou quando despencou no vazio e se estatelou sobre os restos do zumbi esquelético que eles haviam matado antes. Ele esmagou o crânio contra o maquinário e morreu instantaneamente.

Mariana e Joana se abraçaram e começaram a soluçar pelo amigo morto, mas não havia tempo para lamentações — a ampulheta começara a correr aceleradamente de novo.

Ambas se sobressaltaram ao ouvir o barulho da pilha de móveis e objetos sendo arrastada quando os zumbis abriram a porta. Por fim, eles conseguiram ultrapassar o obstáculo, que fora parcialmente desmantelado pelo zumbi esquelético.

— Meu Deus, o que vamos fazer?! — Joana, aterrorizada, via os zumbis empurrando, descoordenados, os utensílios que atrapalhavam sua entrada.

Mariana olhou em volta, já havia procurado uma opção de fuga antes e não conseguiu pensar em nada. O que elas poderiam usar? O que havia de novo?

Foi quando se voltou para o poço do elevador. Na parte interna havia uma pequena escada de manutenção que subia e descia até sumir de vista, com os degraus fixados direto na parede.

— Aquela escada! Venha rápido! — Mariana correu na direção do elevador.

Joana disparou atrás da amiga. Tinham de ser rápidas antes que os zumbis fechassem seu caminho.

Mariana passou pela abertura através da qual jogara os dois zumbis e pulou para a escada, agarrando-se com firmeza. Imediatamente, subiu alguns degraus, dando espaço para Joana, que vinha logo atrás.

A moça saltou também atrás da amiga no momento exato em que um zumbi esticou o braço tentando agarrá-la. Foi um salto muito malfeito. Por pouco Joana não escorregou e caiu. Mas conseguiu se segurar e também subiu alguns degraus, seguindo Mariana.

Os zumbis invadiram o corredor totalmente e se acotovelavam na porta do elevador, observando suas presas tão próximas e, ao mesmo tempo, inacessíveis. As criaturas se empurravam e espremiam, com os braços esticados debilmente na direção de Joana e Mariana.

Os seres gemiam sem parar e se espremeram tanto na abertura do elevador que dois deles acabaram despencando no poço, se arrebentando vários andares abaixo.

As duas amigas pararam na escada e olharam para as criaturas infernais, que grunhiam famintas, observando-as.

Era um momento único, surreal — duas jovens subindo numa escada imunda por dentro de um poço de elevador a menos de dois metros de distância de um grupo de mais de uma dezena de zumbis.

— Mari, eu acho que não aguento mais. — Joana apoiou a testa num degrau. — Quando é que este inferno vai acabar?!

— Calma, Joana, nós já fizemos a parte mais difícil. Eles não têm como nos pegar aqui. Se são incapazes de passar por uma pilha de móveis sem se atrapalhar, sem dúvida, não conseguirão subir esta escada. — Mariana colou o corpo nos degraus.

— Nós não conseguiremos ficar muito tempo aqui, é muito cansativo — Joana passou um braço por dentro de um degrau, tentando fazer menos esforço e assim ficar mais confortável.

— Sim, nós temos que subir; descer não adianta nada, o elevador está fechando o caminho. — Mariana indicou a caixa de aço andares abaixo, sobre a qual o cadáver de Rodolfo e dos outros três zumbis repousavam esmigalhados.

— E o que iremos fazer lá em cima? — Joana subiu mais um degrau. Apesar de ter consciência de que os zumbis aglomerados na entrada do poço não tinham como alcançá-la, não custava nada se afastar mais um pouco da horda de feras.

— Vamos tentar pedir ajuda. Quem sabe alguém nos vê lá em cima? — Mariana sentia o pó do poço do elevador colar em sua pele suada. — Subiremos até o telhado e ficaremos por lá.

Joana concordou. Não aguentava mais ficar tão próxima dos zumbis e sabia que em breve não conseguiria mais se segurar daquele jeito. Ou se moviam ou iriam morrer.

As duas amigas iniciaram uma lenta e dolorosa subida pela escada. A escuridão era quase total e o calor, sufocante. Em um momento uma barata caiu no ombro de Mariana, que se desesperou e estapeou o inseto até ele despencar na escuridão.

Joana avançava, seguindo a amiga, tomando o cuidado adicional de ainda ter de evitar escorregar nos degraus umedecidos pelo suor de Mariana.

Foram vencendo a distância até o último andar, metro a metro. Uma operação lenta e sofrida, executada por duas mulheres no limite da exaustão.

Após alguns minutos que mais pareceram horas, elas chegaram à casa de máquinas, na qual acabava o cabo de aço do elevador e onde estava o motor que movimentava a peça para cima e para baixo.

Era um lugar escuro e com cerca de um metro e setenta de altura. Nele, Mariana conseguia ficar de pé com a cabeça quase raspando no teto. Joana, por sua vez, era obrigada a se curvar um pouco.

O cheiro de pó e bolor era bastante forte ali, o que só aumentava o mal-estar de ambas, que se esforçavam por respirar, devido ao imenso esforço da subida.

Usaram os celulares para iluminar o cômodo empoeirado, procurando uma saída. Finalmente, acharam uma escada que descia um nível e que levava a uma porta de madeira.

Encontraram-na trancada, mas as amigas não estavam com paciência para meros detalhes. Joana chutou a porta com violência, fazendo a madeira em torno da fechadura ceder, abrindo passagem.

Ambas saíram aliviadas para o corredor escuro do último andar do prédio, acreditando que todo aquele horror chegara ao fim.

* * *

Ninguém sabe ao certo como um zumbi se comporta. Às vezes, eles são repetitivos, previsíveis, como mecanismos programados para fazer sempre a mesma coisa, no mesmo horário e do mesmo jeito.

Mas eles também podem surpreender com um comportamento completamente inesperado; e, quando isso acontece, o resultado costuma ser catastrófico.

É um mistério o porquê de Raul ter subido até o último andar do prédio. Por que justamente ele e naquele momento? Ninguém saberia responder.

De todo modo, foi com ele, Raul, que Mariana e Joana se depararam ao saírem da casa de máquinas dos elevadores, naquele dia interminável.

* * *

Mariana e Joana chegaram ao corredor escuro, aliviadas. A atmosfera dentro do poço do elevador e da casa de máquinas era angustiante; sem falar do forte cheiro de mofo, das teias e da poeira de muitos anos. Por isso elas se animaram ao chegar a um lugar menos claustrofóbico, mesmo que igualmente escuro.

Na ansiedade por sair daquele espaço horrível, Joana não se preocupou em não fazer barulho. Abriu a porta e ambas adentraram o corredor às pressas, antes de se certificarem de que era seguro.

Mariana usou o celular para iluminar aquele espaço, tentando enxergar alguma coisa em meio à escuridão, quando viu uma figura parada no fim do corredor.

Ela sentiu o coração disparar quando se deu conta de que se tratava de um zumbi. No entanto, o susto se transformou em desespero quando percebeu que era ninguém menos que seu ex-namorado.

— Ai, meu Deus, isso não... — Mariana balbuciou, instintivamente, dando um passo para trás, no que foi imitada por Joana. — Raul, é você?

A criatura olhou para elas com um jeito curioso de início, mas, em um instante, seu semblante mudou. Desapareceram todos os sinais de confusão e o ser ganhou um ar feroz, alucinado.

— Calma, Raul, somos nós. Fica tranquilo, nós iremos pedir ajuda e... — Joana começou a falar inutilmente.

Raul partiu na direção delas de uma forma trôpega e um tanto bizarra. As amigas gritaram com a aparência demoníaca do rapaz, o que no mesmo instante atraiu mais zumbis dos andares inferiores.

Talvez fosse o cheiro familiar ou algum vestígio de memória na sua mente de zumbi, mas Raul queria Mariana a qualquer custo. Por isso, ele atacou a ex-namorada disposto a arrancar a carne de seus ossos.

Raul agarrou com força os ombros de Mariana e avançou perigosamente na direção do seu rosto. Ela conseguiu pará-lo por muito pouco; mais alguns centímetros e teria uma parte do rosto abocanhada.

Ficaram por alguns instantes travados naquela posição, ambos segurando os ombros um do outro. Mariana gritava de raiva e medo, Raul grunhia como um animal faminto.

Ela sabia que não iria conseguir detê-lo por muito mais tempo, pois Raul era muito mais forte. Mas Joana agarrou-o também pela camisa e o empurrou junto com a amiga, trincando os dentes de raiva naquela luta de vida ou morte.

As duas empurraram-no para trás com violência, fazendo-o retroceder aos tropeções. Raul ia perdendo terreno, enrolando-se nos próprios pés.

Quando chegaram ao fim do corredor, bateram com tanta força contra uma das portas de vidro que ela se estilhaçou e os três caíram dentro de um dos escritórios, um lugar amplo com diversas mesas brancas enfileiradas lado a lado.

Cacos de vidro atingiram o rosto de Mariana e sangue começou a escorrer de sua testa, passando pelo nariz, queixo e pingando no chão. Joana também ficou atordoada com o impacto. Raul, por seu lado, aparentava não ter sentido nada. Dava a impressão de ser simplesmente indestrutível.

O zumbi girou o corpo sobre Joana, que continuava caída no chão, subiu sobre a moça e avançou contra seu pescoço. Ela ainda sentia o efeito da pancada, mas mesmo assim conseguiu segurá-lo. Porém, a força e o peso dele a asfixiavam rapidamente.

Raul estava prestes a fazer uma nova investida quando Mariana surgiu de novo ao seu lado, trazendo nas mãos a primeira coisa que conseguiu agarrar: um teclado de computador.

Mariana arrebentou a peça na cara de Raul e as teclas voaram para todos os lados. O rapaz tombou, caindo estatelado de costas no chão.

— Levanta! Rápido! — Mariana estendeu a mão para Joana, que sacudiu a cabeça e se segurou na amiga, colocando-se de pé num salto.

Ambas se afastaram um pouco e viram algo que já esperavam: Raul estava se levantando. Seu rosto sangrava em vários pontos, o nariz se quebrara, mas, mesmo assim, ele não apresentava nenhum sinal de dor ou medo. Apenas raiva. Muita raiva.

A força que o movia parecia inesgotável. Uma verdadeira máquina de matar que não se cansava ou desistia.

As duas amigas, exaustas, ficaram frente a frente com aquele demônio. Sem dizer nada, ambas começaram a andar devagar, de lado e em direções opostas. Estavam se separando, para confundir o inimigo.

Raul olhava para uma e depois para a outra. Seu rosto ensanguentado estava retorcido numa careta de ódio. Não era possível antecipar qual das duas seria sua escolhida.

— Joana, há um vaso grande e pesado atrás de você — Mariana sussurrou, com o olhar fixo em Raul.

— Eu vi — Joana confirmou.

— Quando Raul me atacar, pegue o vaso e esmague a cabeça dele, entendeu?

— Como você sabe que ele vai atacá-la? — Joana questionou, também olhando-o fixo.

— Nós temos assuntos pendentes — Mariana respondeu, segura de si. — Esteja pronta.

Assim que ela acabou de dizer isso, Raul atacou, babando e urrando como um cachorro enlouquecido. E mais uma vez ela o agarrou e ambos ficaram travados naquela posição que lembrava uma luta greco-romana.

Em seus rostos ensanguentados, tanto Mariana quanto Raul mostravam a determinação de vencer aquele embate.

Então, Joana virou-se, agarrou o vaso e avançou na direção deles. A peça realmente era pesada — uns três quilos, no mínimo.

— Vai, Jô! Mate-o! — Mariana berrou.

Joana espatifou o vaso na cabeça de Raul, que desabou no chão, inerte. Seu couro cabeludo sofreu um corte de mais de dez centímetros que se estendia até a testa, o sangue lavou não só as suas roupas como também a sala onde se encontravam.

Grandes pedaços do vaso voaram pela sala e atingiram o vidro que revestia o prédio, fazendo uma placa inteira de cerca de quatro metros quadrados trincar completamente.

As duas amigas observaram o rapaz estatelado no chão. Ele parecia morto ou desmaiado. E ambas torciam para que a primeira opção fosse a verdadeira.

— Você está bem, Mari? — Joana apoiava as mãos nos joelhos, tentando recuperar o fôlego.

— Acho que sim. Minha testa arde, mas estou bem. — Mariana se curvou de exaustão, passando a mão no supercílio e limpando parte do sangue.

— Você acha que... ele morreu? — Joana perguntou.

— Deus queira que sim.

— Precisamos estancar esse sangramento. — Joana apontou para a testa de Mariana. — Vejamos se há uma caixa de primeiros socorros por aqui em algum lugar.

As amigas começaram a revirar a empresa em busca de curativos. Mariana foi até uma espécie de almoxarifado enquanto Joana abria todos os armários. Precisavam se apressar; elas não sabiam quanto barulho haviam feito, mas era mera questão de tempo para os zumbis chegarem novamente.

De tempos em tempos ambas conferiam se Raul continuava caído. Pelo jeito, ele morrera mesmo. Aquela pancada na cabeça teria derrubado até mesmo um elefante.

Joana revirava um dos armários quando encontrou uma pequena caixa de plástico branco com uma cruz vermelha. Ela abriu e conferiu o conteúdo. Tinha ali tudo de que precisava: gaze, esparadrapo, água oxigenada e até mesmo tintura de iodo.

Joana retornou para a sala com um sorriso no rosto. Queria dar a boa notícia para Mariana. Iria propor que ambas fossem logo para o telhado e apenas depois disso ela cuidaria dos ferimentos da amiga.

Quando retornou, no entanto, Joana se arrepiou inteira. Sentiu o coração disparar no peito e as pernas ficarem bambas de novo.

Raul havia desaparecido.

***

Mariana continuava sua busca por algo que pudessem usar para deter aquele sangramento. Sua mão ficou completamente tingida de vermelho e suas roupas mostravam diversas manchas também, mas ela estava quase desistindo — queria logo subir ao telhado.

Ela se perguntava apenas o que iria encontrar quando chegasse lá em cima. Sua esperança era que aquela parte do prédio não estivesse infestada de zumbis assassinos e que conseguissem acenar para alguém pedindo ajuda.

Sua maior dúvida, entretanto, era a causa daquilo tudo. Como pessoas comuns se transformaram em monstros de uma hora para outra? Ela se indagava qual seria a explicação para aquelas transformações tão absurdas.

Foi arrancada dos seus pensamentos quando ouviu um grito de agonia e dor de Joana vindo da sala principal.

* * *

Mariana voltou correndo com um péssimo pressentimento crescendo no peito. Uma parte dela queria chegar logo para ajudar a amiga, mas uma outra parte, menor e raivosa, gritava para que fosse embora dali imediatamente.

E, quando ela chegou, viu que seus temores tinham fundamento: Joana, caída no chão, pressionava a mão na região entre o pescoço e o ombro direito. O sangue jorrava do ferimento profundo que havia lacerado sua carne e lavava toda sua camisa branca. A moça gemia e chorava com a dor insuportável.

Ao lado de Joana, Raul, de pé, com a boca e o rosto sujos de sangue, mastigava avidamente o naco de carne que ele abocanhara. Sua aparência ficara ainda mais grotesca com os dentes tingidos de vermelho.

Quando Raul olhou para Mariana, ela o encarou também. Os olhos da moça soltavam faíscas de ódio. Parecia agora que concentrava toda a fúria da Terra.

Ambos partiram ao mesmo tempo um contra o outro, em rota de colisão.

Mulher contra homem. Humano contra zumbi.

Mariana já sabia que medir forças com Raul seria inútil, por isso correu contra ele e se abaixou, agarrando-o pela cintura e erguendo o rapaz do chão, levando-o para trás sem que ele pudesse impedir.

Ela caiu sobre ele em cima de uma mesa com rodinhas, que deslizou cerca de meio metro para trás.

Mariana se ergueu sobre Raul e começou a esmurrar o ex-namorado com ódio homicida. Ela não queria apenas matá-lo: agora, queria mesmo era fazê-lo sofrer muito. No que dependesse dela, Raul ficaria sem nenhum dente na boca.

Mariana bateu por Joana, Rodolfo, Zotto, Robson e Antônio. Todos os seus companheiros de infortúnio que haviam sido vítimas daquelas criaturas infernais.

Depois do quinto golpe, entretanto, Raul segurou seu pulso e, quando ela puxou o braço para tentar se soltar, ele o torceu com tanta força que Mariana sentiu os olhos se encherem de lágrimas e as juntas estalarem.

Bastou Raul dar um puxão para Mariana cair no chão, ao lado da mesa, de frente para Joana, que continuava caída.

Os olhares das amigas, esgotadas e feridas, se cruzaram naquele momento dramático. Pareciam buscar coragem ou, pelo menos, um pouco de alívio uma na outra. Sentiam que havia chegado o momento de se despedirem para sempre.

Mariana sentiu a mão de aço do zumbi agarrar os seus cabelos por trás e puxá-la para cima, enquanto o hálito quente e fétido de Raul chegava à sua nuca.

Ela sabia que teria que reunir coragem para continuar lutando ou estaria perdida. Não havia mais jeito: ou matava aquele desgraçado ou morria.

Quando Raul a puxou pelos cabelos, Mariana se colocou de pé abruptamente e jogou todo o peso do corpo para trás, empurrando-o com as costas e fazendo com que o zumbi se chocasse contra a parede logo atrás.

Ele, entretanto, não soltou Mariana. Continuou agarrado aos seus cabelos e ao seu corpo com determinação.

Ela girou o corpo, numa última tentativa desesperada de tentar se soltar, mas ele parecia colado nela. Ambos tornaram a cair sobre a mesa com rodas, porém, dessa vez, Raul estava de costas sobre a madeira e Mariana caída sobre ele.

À medida que ela se debatia e esperneava, a mesa dançava para a frente e para trás, indo e voltando, teimosa.

Raul não desistia de tentar mordê-la, mesmo com Mariana pesando sobre ele. Raul permanecia atracado à namorada, implacável, buscando a oportunidade para desferir o ataque fatal.

Num último e supremo esforço, Mariana apoiou os dois pés numa coluna e empurrou para trás com toda a força.

A mesa com rodas correu para trás com ambos sobre ela, similar a um carrinho de rolimã descontrolado. A peça deslizou na direção da parede de vidro do prédio que já estava trincada, e a atingiu em cheio, estilhaçando-a de vez.

A mesa desacelerou com a pancada, mas não totalmente. As duas primeiras pernas passaram o limite do edifício e despencaram para baixo, fazendo o móvel tombar na direção do verdadeiro abismo que separava o último andar daquele prédio do chão.

Numa fração de segundo, Mariana agarrou a haste de metal que fixava os vidros, impedindo que seu corpo acompanhasse a mesa na sua rota de queda.

Raul não teve a mesma sorte e acabou soltando-a, arrancando tufos de cabelo e arranhando o pescoço da namorada, numa inútil tentativa de se segurar.

A mesa com o zumbi em cima virou para a frente e despencou do último andar do prédio, numa queda de mais de oitenta metros de altura. Enquanto isso, Mariana ficou quase pendurada do lado de fora, agarrada de forma desajeitada a um mero pedaço de metal.

— Você sabe voar, seu filho da puta?! — Mariana gritou, com os olhos rasos de lágrimas, quando olhou Raul pela última vez na vida enquanto ele despencava no vazio.

Segundos depois, ela ouviu o som da mesa se despedaçando no chão, vários metros abaixo.

Com muito cuidado, Mariana conseguiu voltar para o lado de dentro. Estava com o corpo cheio de escoriações e marcas roxas, encharcado de sangue por conta dos diversos ferimentos. Engatinhou até Joana para ver a amiga, que parecia desacordada. Mariana estava sob o efeito do estresse, mas, no fundo, sabia que agora aquela pobre moça era uma ameaça.

Contudo, não podia deixá-la para trás; simplesmente não tinha coragem.

— Joana, você está bem? Fala comigo. — Mariana acariciava os cabelos da colega.

— Ele morreu? — Joana perguntou, débil, enquanto abria os olhos com dificuldade. Ela sentia calafrios e tremia de leve.

— Com certeza — Mariana afirmou, com um sorriso fraco no rosto.

— Eu sabia que você conseguiria. Mas você precisa ir embora. Deixe-me aqui e vá. — Joana sorriu, orgulhosa da amiga.

— Não farei isso. Não irei embora sem você — Mariana falou, decidida.

— Não importa mais, ele me mordeu, você não tem escolha — Joana sussurrou. — Vá embora e cuide do meu afilhado.

— Nunca, não vou! Você vem comigo! — Mariana disse, séria.

Joana fechou os olhos por um instante e respirou fundo, tentando controlar a tremedeira que chacoalhava seu corpo inteiro.

— Mari, pega um pouco de água pra mim, então? Por favor?

— Claro que sim, querida, eu já volto! — Mariana se pôs de pé. Talvez a amiga conseguisse resistir afinal.

Mariana correu até a cozinha, na qual havia um filtro de água e copos plásticos descartáveis, e encheu um deles para Joana. Assim que Joana matasse a sede, ambas sairiam dali juntas: um pensamento que não fazia muito sentido, mas dava àquele momento uma sensação de que tudo terminara.

* * *

Mariana voltou, apressada, tentando equilibrar o copo para que a água não caísse toda no chão. Quando chegou, não encontrou Joana, o que fez seu coração disparar.

— Joana, cadê você? — Mariana, aflita, olhava em volta.

— Aqui — Joana respondeu.

Quando Mariana se virou na direção da voz da amiga, presenciou outro pesadelo. Algo que aterrorizaria qualquer um pelo resto de sua vida.

Joana se encontrava em pé em frente ao vidro destruído, de onde Raul despencara. Os cabelos lisos e escuros da amiga magérrima dançavam com o vento. Por conta da dor da contaminação e da transformação em andamento, Joana parecia ter envelhecido dez anos em alguns instantes.

Olheiras profundas surgiram e a moça estava pálida e suada. Ela arfava dolorosamente e se achava parcialmente curvada.

Mariana se arrepiou e tentou falar com ela:

— Joana, venha pra cá, eu trouxe sua água. — Mariana sorria, tentando disfarçar o pânico crescente.

— Não, Mari, você sabe que não posso. — Joana forçou um sorriso também.

— Jô, não faz isso. Estou te implorando, não me deixa sozinha, por favor... — Mariana suplicava, sentindo as lágrimas queimarem os seus olhos mais uma vez naquele dia.

— Desculpa, Mari, eu não posso continuar. E tenho medo de que você não faça a coisa certa quando chegar a hora, por isso, decidi te manter segura. — Joana levou a mão ao estômago, que estava se revirando. Parecia que suas entranhas se alimentavam dela por dentro.

— Olha, fica calma. Você está bem, eu tenho certeza de que... — Mariana iniciou a frase enquanto andava lentamente na direção da amiga.

— Fica tranquila, tudo ficará bem. Você é mais forte do que eu imaginava. Cuide-se, ok? Eu te amo. — E Joana deixou o corpo despencar para trás, caindo para fora do prédio.

— Jô! Não! — Mariana correu na direção do buraco, a tempo de ver a amiga caindo rapidamente.

Numa fração de segundo os olhares se cruzaram pela última vez. Depois disso, o corpo de Joana se estatelou no chão com violência na parte de trás do edifício.

Seus ossos se esmigalharam com a queda e uma poça logo se formou ao redor do seu corpo, a cerca de três metros de distância do corpo esmagado de Raul.

Mariana se ajoelhou e chorou, soluçando, desesperadamente.

* * *

Mariana subiu correndo o último lance de escadas que levava até o telhado do prédio. Atrás de si, ouvia os grunhidos dos zumbis que se aproximavam, atraídos pelos gritos e todos os barulhos resultantes do seu embate com Raul.

Esperava que lá estivesse em segurança, e, se conseguisse acenar para alguém na rua, fosse vista por um helicóptero ou talvez por outra pessoa de algum prédio ao lado.

Também pensou que a polícia até já estivesse lá, tentando achar uma forma de entrar no edifício.

Mariana trazia uma cadeira de madeira nas mãos que pretendia usar como trava para manter a porta fechada e seus perseguidores definitivamente afastados.

Por sorte, a porta estava aberta e ela chegou à área externa facilmente. Mas aquilo lhe serviu como um sinal de alerta. Com a passagem totalmente escancarada, era mais que provável que algum zumbi estivesse ali.

Mariana tratou de fechar a porta com todo o cuidado, apoiando a cadeira na maçaneta. Rezava para que aquilo fosse o suficiente para manter seus predadores distantes.

O telhado do prédio era amplo e havia um heliporto no centro. Acima da porta pela qual Mariana passara estava uma imensa caixa d'água de concreto, que abastecia todo o edifício.

Ela olhou em volta, um tanto cismada. Queria ter certeza de que estava sozinha. E para isso precisaria dar a volta ao redor da estrutura de concreto que servia de apoio para a caixa d'água.

Começou a contornar aquele enorme quadrado de concreto com cautela, tentando não ser surpreendida.

Quando acabava de dar a volta, ela topou com outra das criaturas. Era um homem imenso e com o rosto tão mutilado que o deixava irreconhecível. As bochechas, os lábios, as orelhas, parte do nariz e até mesmo as pálpebras haviam sido arrancadas.

Tal mutilação o deixou com olhos imensos, duas bolotas brancas gigantescas emolduradas num rosto completamente ensanguentado e em frangalhos.

Quando viu a criatura, Mariana prendeu a respiração e tentou recuar sem chamar a atenção, apesar da quase incontrolável vontade de gritar. Mas era tarde demais: ela se achava ao alcance de sua visão.

O zumbi se virou para ela com um aspecto de grotesca indiferença — afinal, nada sobrara no seu rosto para que pudesse formar uma expressão de raiva ou fome. Quando avistou Mariana, o ser conseguiu grunhir um som chiado e distorcido, mas igualmente ameaçador.

Mariana deu meia-volta e começou a correr na direção da porta; iria voltar para dentro.

Mas não havia como escapar. A cadeira travava a maçaneta. Mariana tentou puxar a peça, e ela não se moveu. Puxou várias vezes, e nada mudou. E quando ia tentar mais uma vez, ouviu vários grunhidos do outro lado. Abrir aquela porta seria suicídio.

Ela queria avaliar melhor suas opções, mas não tinha tempo. O zumbi a havia alcançado.

Mariana saiu em disparada, agora, correndo sem destino. À sua frente havia o heliporto, um grande espaço vazio e, depois disso, a mureta de proteção. Nada mais. Não havia para onde correr. Não havia onde se esconder.

Mariana foi até a mureta e olhou para baixo. Dali dava para ver perfeitamente os cadáveres de Raul e Joana, bem como a mesa destruída, vários metros abaixo.

Ela tornou a sangrar, sentindo-se dolorida, faminta e exausta. Lutara muito, mas sentia que chegara ao limite. Não queria mais correr, lutar ou sobreviver. Não tinha sequer um lápis para usar como arma.

Assim, decidiu desistir. Todos têm um limite e Mariana atingira o seu.

Subiu na mureta e olhou para baixo, contemplando a morte.

Ela se perguntou se aquela seria uma morte dolorosa. Provavelmente, não; seria rápido demais. Pensou em Joana e teve inveja da coragem da amiga. Mariana estava apavorada, mas precisava ser forte.

Pensou nos pais por um instante. Nas viagens, nos passeios, no olhar de orgulho de ambos quando ela se formou na faculdade. Lembrou com saudade dos momentos bons de toda a sua vida.

Mariana só esperava que eles compreendessem. Não gostaria que a mãe, tão religiosa, achasse que ela havia apenas se suicidado. Com um pouco de sorte, um dia, alguém iria investigar aquilo e concluiria que Mariana lançara mão do único recurso.

Quando o zumbi estava a menos de dez metros de distância, Mariana abriu os braços e fechou os olhos, sentindo o vento acariciar sua face pela última vez. Respirou fundo e trincou os dentes, procurando manter-se firme. Estava pronta para partir.

* * *

Mariana ouviu o disparo de uma potente arma de fogo ao mesmo tempo que escutou o som de um helicóptero. Talvez o ruído da aeronave já estivesse lá o tempo todo e ela simplesmente não notara..

Olhou em volta, assustada, tentando descobrir o que estava acontecendo. E sorriu, com os olhos marejados, ao ver um helicóptero da polícia militar pairando no ar algumas centenas de metros à sua frente.

Quando olhou para trás, viu o zumbi caído no chão com o crânio despedaçado. Uma trilha de massa encefálica salpicada de sangue se estendia da cabeça da criatura por mais de um metro de distância. O disparo do atirador de elite no helicóptero fora preciso e completamente letal.

Mariana desceu da mureta, com todo o cuidado, e começou a gritar, acenar e pular, feliz por estar salva. Feliz por estar viva.

* * *

Resgatada pelo helicóptero, Mariana permaneceu em silêncio, presa a seus pensamentos. Lá estavam o piloto, o atirador e mais dois civis: uma mulher e um bebê recém-nascido.

Estavam todos quietos e taciturnos, menos o bebê, que resmungava e grunhia sem parar. Na realidade, não havia nada para se dizer.

Ela assistia de camarote ao desenrolar do espetáculo mais bizarro da Terra. O helicóptero sobrevoava a avenida Paulista naquele momento, onde um grande momento de destruição se desenrolava ferozmente.

Carros capotados pela avenida, ônibus batidos, lojas e prédios em chamas. Grossas colunas de fumaça subiam por toda a parte.

Algumas pessoas jaziam caídas na via, mas várias caminhavam nas calçadas e entre os vários carros parados. No entanto, não eram mais seres humanos, e sim criaturas malditas, que vagavam sem rumo em busca de carne e sangue.

Um homem apavorado se equilibrava sobre a cobertura que protegia o acesso à Estação Consolação do metrô, enquanto diversas feras o cercavam, aguardando a oportunidade de fazê-lo em pedaços.

— O mundo todo está assim? — Mariana perguntou, como se tentasse se convencer do que ouvira.

— Sim, essa foi a última informação que ouvimos no rádio. E agora está mudo, não conseguimos mais contato — o piloto respondeu, soltando um suspiro de desânimo.

— E para onde vamos? — quis saber, apática.

— Não sei — O piloto meneou a cabeça.

— Vamos procurar meu pai, que é militar. Se ele sobreviveu, saberá o que fazer. — Mariana apoiou a cabeça no vidro, perguntando-se se a sua mãe e o turrão coronel Fernandes teriam conseguido fugir daquela catástrofe.

Ela olhou para o lado mais uma vez, para a pobre mulher segurando seu filho. A criança se debatia loucamente, guinchando como um animalzinho. O recém-nascido tinha os olhos brancos e sem vida, iguais aos dos demais zumbis do mundo. A mulher olhava para lugar nenhum, exausta após o difícil trabalho de parto, tentando conter o bebê, que desde já não tinha mais salvação.

Segundo o piloto e o copiloto informaram, o bebê nascera daquele jeito, logo depois que a loucura assolara a Terra.

Mariana começou a se perguntar exatamente em qual momento do passado a felicidade e a alegria haviam morrido. Pois sabia que, de agora em diante, esses sentimentos não existiam mais e o futuro se tornara algo incerto.

Num gesto instintivo, ela levou a mão ao ventre. Será que algo crescia ali dentro? Ou era autossugestão de quem acaba de pegar o resultado positivo?

Mariana não era de se impressionar por pouca coisa e pressentia que seus problemas só começavam.

AS CRÔNICAS DOS MORTOS

por RODRIGO DE OLIVEIRA

A saga ***As Crônicas dos Mortos*** foi criada pelo escritor paulista Rodrigo de Oliveira. A saga é toda ambientada no Brasil e se passa em cidades como São José dos Campos, São Paulo, Curitiba, Florianópolis, Canela — na Serra Gaúcha — e Porto Alegre. Também traz passagens rápidas em Brasília, Estados Unidos, China e França.

Nessa série, presenciamos o descobrimento de um novo planeta no sistema solar, o gigantesco Absinto, e como sua aproximação da Terra desencadeia o apocalipse zumbi. Com fortes doses de ação e suspense, a história narra as aventuras de um grupo de sobreviventes e sua jornada através de uma terra devastada, seja se defendendo dos zumbis ou lutando para salvar outras pessoas.

Os três primeiros livros da saga já foram lançados:

O Vale dos Mortos*, *A Batalha dos Mortos* e a *A Senhora dos Mortos

Sucesso de público e crítica, essa que é a maior coleção de livros sobre zumbis já escrita por um brasileiro, ainda terá mais dois volumes. Os próximos tomos serão *A Ilha dos Mortos* e *A Era dos Mortos*, que chegam ao mercado em 2016.

COPYRIGHT © FARO EDITORIAL, 2014

Todos os direitos reservados.

Nenhuma parte deste livro pode ser reproduzida sob quaisquer meios existentes sem autorização por escrito do editor.

Diretor editorial PEDRO ALMEIDA

Preparação de textos TUCA FARIA

Revisão PATRICIA MURARI E GABRIELA DE AVILA

Capa e projeto gráfico OSMANE GARCIA FILHO

Imagem de capa © MOORI | DREAMSTIME.COM

Dados Internacionais de Catalogação na Publicação (CIP)
(Câmara Brasileira do Livro, SP, Brasil)

Oliveira, Rodrigo de

Elevador 16 / Rodrigo de Oliveira. — Barueri, SP : Faro Editorial, 2015. — (As crônicas dos mortos)

ISBN 978-85-62409-45-5

1. Ficção brasileira I. Título. II. Série.

15-02229 CDD-869.93

Índice para catálogo sistemático:

1. Ficção : Literatura brasileira 869.93

1ª edição brasileira: 2014 – Digital; 2015 – Impressa.
Direitos de edição em língua portuguesa,
para o Brasil, adquiridos por Faro Editorial

Avenida Andrômeda, 885 - sala 310
Alphaville – Barueri – SP – Brasil
CEP: 06473-000
www.faroeditorial.com.br

ASSINE NOSSA NEWSLETTER E RECEBA INFORMAÇÕES DE TODOS OS LANÇAMENTOS

www.faroeditorial.com.br

ESTA OBRA FOI IMPRESSA
EM SETEMBRO DE 2023